VOLUME 3
マッチングアプリで
元恋人と再会した。
Reunited with my former lover on
a dating app
Kokomo

初音 心
Shin Hatsune
翔の大学の同級生。引っ込み思案な性格を変えるため、思い切ってアプリに登録した。
「――先輩を、監視するためです」
初音 天
Sora Hatsune
心の妹。姉に近づく男には極端に厳しいシスコン。

藤ヶ谷翔
Sho Fujigaya
“カケル”というユーザーネームでマッチングアプリ『コネクト』を始めた大学生。
「こいつはそんな男じゃない」
高宮光
Hikari Takamiya
翔とマッチングアプリで再会した元カノ。

「い……！　いつまで見てるんですかっ‼」

日和 楓
Fu Hiyori
翔にアプリで「いいね」を送ってきていた“カエデ”さん。駅前で酔っ払っているところを翔に助けられる。
「あっ、やっほ～イッチー！」
一ノ瀬 縁司
Enji Ichinose
翔の親友。楓とは幼馴染みで両想い。

「心さん、はぐれないように
気を付けてくださいね」
左隣の二十センチほど低
い位置にある心さんの顔に
向けてそう言うと、返事をす
るように自身の柔らかくて滑
らかな手を俺の手中に滑り
込ませてくる。
「じゃあ、こうして捕まえてい
てください」

「は、はぐれないように、ですから……！」

Contents

CONNECT

Reunited with my former lover on
a dating app

illustration: 秋乃える
design work: 杉山絵

マッチングアプリで元恋人と再会した。3

ナナシまる

角川スニーカー文庫

23710

プロローグ　マッチングアプリで知り合った人が友達の友達だったりする。

「先輩、お客さんに対してもっと愛想良く接客できないんですか？」

モノトーンな店内で、いつものようにアルバイトに勤《いそ》しむ俺に向かって、後輩の田中《たなか》が不愛想に言ってくる。

「田中ちゃん、これでも翔《しよう》ちゃんは精一杯なんだよ。普段のボス野良猫みたいな翔ちゃんを見てたら、これでもかなり頑張ってる方だってわかるんだけどね」

「ボス野良猫……」

縁司《えんじ》が田中に叱られている俺を庇《かば》ってくれるが、ちょっと悪口にも聞こえるな。確か光《ひかり》にも似たようなことを言われた気がする。

「愛想が悪いのは自覚してるよ。これからはもっと頑張るから。ごめん」

「……い、いえ。田中も後輩のくせに偉そうなことを言いました。すみません」

頭をペコリと下げると短めの髪が揺れる。田中はそのまま逃げるようにトレイに載せたパスタをお客さんのところへ届けに向かった。

田中は、少し前からこのカフェでアルバイトを始めた大学一年生の女の子だ。俺や縁司の二つ年下になる。

愛想が良くて、可愛《かわい》くて、仕事の覚えも早くて、責任感が強い。時々おっちょこちょいなところもあるが、それも相まって田中という女の子を魅力的に見せている。だから、主婦さんにも、学生にも、店長にも、お客さんにも人気があって、このカフェの看板娘とも言える子だ。そんな田中だが、……なぜか俺にだけ冷たい。

持ち前の愛想の良さも、俺の前では一切発揮しない。常に俺を睨《にら》みながら話すし、言ってくることもダメだしや文句ばかり。まるで少し前の光のようだ。

「縁司、俺ってなんで田中に嫌われてるんだろ」

「さあ、何かしたんじゃない？」

思い当たることは何もない。でも、何もないのにあの態度にはならないだろう。

「翔ちゃんだし、何かしたんだよきっと」

「どういう意味だよ」

「別に～。翔ちゃんが田中ちゃんに良かれと思ってしたことが、田中ちゃんには迷惑だったかもしれないよ？　ほら、翔ちゃんには前科があるからね」

縁司が言っているのは、きっと楓《ふう》さんとのことだ。俺が縁司と楓さんを強引に繋《つな》いだことで、一度は縁司と喧嘩《けんか》になって、お節介だと言われてしまって。でも、結局二人を上手《うま》く繋ぐことが出来たんだから、文句を言われる筋合いはない。

「迷惑だったか？」

「ううん。ごめん、今のはちょっと嫌な言い方だったね。結果論に過ぎないのかもしれないけど、僕は翔ちゃんのおかげでまた楓ちゃんと一緒に居られる。……感謝してるよ」

俺の顔を見て微笑《ほほえ》んだ縁司の顔からは、照れくささなど感じさせない素直な性格が表れている。

「やめろ、なんか恥ずかしい」

「やーい、顔赤いぞー？」

「うるせぇ、仕事しろ」

あれから、縁司は少し変わった。目に見えて何かが変わったわけではない。ただ、誰かと話す時の作り笑いが減った気がするんだ。

「その後、楓さんとはどうなんだ？」

「翔ちゃんから恋バナとか珍しいね？」

「普通気になるだろ、ほら、俺が繋いだんだし」

「うっわ、恩着せがましいね」

「感謝してるって言ってただろ！」

こうやって俺をからかうところは変わらないのがムカつく奴《やつ》だ。まあ、憎めない奴だとも思うけど……。

「どうって言ったって、そんなに変わらないよ。昨日は楓ちゃんが僕の家に来て、ご飯食べてお風呂入って、面倒だからって泊まって、多分今も僕のベッドで寝てるんじゃないかな」

「それで付き合ってないのかよ……」

「幼馴染《おさななじみ》だからね。昔は一緒に暮らしてたし、家族みたいな感覚かも」

「家族……」

恐るべし、幼馴染の距離感。

楓さんはきっと料理できなそうだから、ご飯は縁司が作ったんだろうな。こんな偏見を言えば、怒られそうだけど。

「お風呂も一緒に入ったんだよ」

「ふーん。……は!?」

「びっくりした……。急に大きな声出さないでよ。また店長に叱られるよ？」

「いや、だってお前今……」

じゃあ、あの胸を生で見たってことか。

友達の胸を想像して動揺するなんて申し訳ないけど、あれは動揺したって仕方ないだろう。だって、動で揺な胸だったし……。

「お前らまさか、付き合ってないのに変なことシたりしてないよな……？」

「……？　翔ちゃん、なんの話…………あ、ふーん」

縁司が俺をからかう時の顔になった。ムカつく顔だ。

「僕と楓ちゃんが一緒にお風呂入ってたのは、中学生の時の話だよ？　昨日一緒に入ったと思ったんだ？　翔ちゃんってムッツリスケベだね〜？」

「いや中学生でもアウトだろ!!」

こいつの倫理観はどうなってんだよ。中学生なんて一番そういうのに敏感な時期だろうが。でも、楓さんなら普通に気にせず一緒に入ってそうでもある。

「ちょっと先輩、静かにしてください！」

「あっ、田中。ごめん」

パスタの提供から戻ってきた田中が俺を睨んでいる。確かに今のは声が大きかった。でも、原因になった縁司も怒られるべきだ。ムカつく。

「翔ちゃんまた怒られたね」

「お前のせいでもある」

「翔ちゃんが勝手に叫んだんじゃん。それにしても、やっぱり田中ちゃんは翔ちゃんにだけ厳しいね。普段はあんまり怒ってるところ見ないんだけど……」

本当に、俺はどうして田中に嫌われているんだろう。

キッチンの中に食器を下げに行っている田中の後ろ姿を見ながら考えてみるが、やっぱりわからない。

「本人に聞いてみなよ。ついでにゴミ袋、裏口に持っていって」

「そうするか……。あとここでは一応俺が先輩だ。パシるな」

「ちっさい男だね」

縁司の脇腹に人差し指を突き刺して「あひっ」という聞きたくもない縁司の喘《あえ》ぎ声を聞いてから、キッチンの奥にある裏口にゴミ袋を持っていく。

ちょうど田中も裏口にある物を取りに行こうとしたらしく、俺が重い扉を開けてやると、睨みながらも「どうも」と頭をペコリと下げた。

「田中って、部活とかやってたの？」

まずは、田中に対する質問で心の距離を縮める。

会話のどこかで俺を嫌っている理由がわかればラッキー、わからなくても距離が縮まれば聞くチャンスは生まれるかもしれない。

「小学校と中学校の九年間は空手を。それがなんですか？」

あぁ、もう挫《くじ》けそう。なんで部活聞いただけで怒ってんだよ。

「いや、なんとなくだよ。でも凄《すご》いな、九年も。今は大学一年だよな？　もうやってないのか？」

「はい。今はアルバイトと、監……趣味で忙しいので」

「かん？」

「なんでもありません」

そう言ってまた俺を睨む。

噛《か》んだことを俺が指摘したから、腹を立てたのかもしれない。距離を縮めようとしているのに、余計に関係を悪化させてしまった。

だったら、次は褒めてみよう。

人間関係を良くするのには、褒めることが大切だと思う。褒められて睨んでくる奴は多分いないだろうし。

「田中ってパフェの盛り付け上手だよな。俺今でも結構時間かかっちゃうんだよ。だから、入ったばっかりで上手くできてる田中って凄いと思うんだよな」

決まった、これでどうだ。これなら嫌な気はしないだろう。

田中の様子を窺《うかが》うが、顔を逸《そ》らされてよく見えない。覗《のぞ》き込むのも変だし、何か言うのを待つしかない。

田中は足下に置いてあったダンボールを崩しながら、小さな声で言った。

「高校生の時は生徒会長だったので……」

「え、それってパフェと関係ある？」

「もうっ、どうだっていいでしょ！　先輩早くゴミ捨ててホールに戻ってください！」

語気が強まってきて、これ以上ご機嫌取りをしても余計に機嫌を損ねる気がして、俺は田中の言う通りゴミを出してホールに駆け足で戻った。

結局、田中が俺にだけ冷たい理由はわからないままだった。


月曜日になって、また学校が始まる。

六月になってジメジメと湿度の高い日々にうんざりしつつも、食堂に行くと六月版心《しん》さんが夏を控えた装いで迎えてくれる。暑い時期も悪くないなと、心の中でガッツポーズを決めた。

薄いブルーのシャツワンピースに、ホワイトのニットベスト。いつもの清楚《せいそ》系アイドル的ファッションに、綺麗《きれい》な黒髪ロング。

全男子よ、ここには楽園がある。心さんには男の理想が詰め込まれているぞ。

「こんにちは、翔くん」

「こんにちは、心さん」

「こんにちは、翔くん♡」

「キモイぞ縁司、なんかハートが見える」

「どうして僕にはこんにちはって言ってくれないのさ～。妬《や》いちゃうな～」

心さんの真似《まね》をしているつもりなのか、両手でフェイスラインを覆いながら目をキラキラさせている縁司。男にときめく趣味はない。

「心さんごめんなさい、俺がちょっと遅れたせいでコイツと二人きりにしちゃって」

「いえ、楽しかったです。翔くんの話を聞かせてもらっていたので」

「俺の……？」

縁司との会話が楽しかったという点はなんか悔しいけど、まあいい。

「なんの話してたんだよ、縁司」

「なんならもう一回話そうか？」

ニヤついている縁司の顔を見る限り、どうせ俺の恥ずかしい話だろう。でも、気になるから首を縦に振ってみる。

「僕がピンチになった時、颯爽《さっそう》と現れた翔ちゃん！」

戦隊ヒーローのポージングのように全身を使って表現する縁司。もう聞きたくなくなった。

絶対余計なこと言っただろ、コイツ。

「僕に救いの手を差し伸べるが、僕はそれを拒絶する！　君には関係ない！　でも、翔ちゃんはそれでも言うんだ！　友達だ――」

「もういい」

縁司の口を塞いだ。

食堂にいる他の学生たちも、暴れまわる縁司に注目していて、声も響いている。恥ずかしい。

心さんがいることで男子の注目を集めているし、縁司がいることで女子の注目も集めている。

なんであんな奴があの二人と、とか思われてそうで悲しくなるよ。

「いいところなのに～」

「次やったら友達やめる」

「無理だよ、だって翔ちゃんは僕がいないとボッチじゃん」

「そんなことはない。心さんがいる」

「翔くん……」

照れているのか、心さんの顔が赤い。

周囲の男子の視線が痛い。ああ、そうだった。今結構注目されてるんだった。やってしまった。

話を変えよう。それから声の大きさも気にしながらにしよう。じゃないとそのうち恨みを買ってしまう。

「そういえば縁司、課題は終わったのか？」

「……カダイ？　ナニソレ？」

「終わってないんだな」

今日はこの後、光と合流して四人で心さんの家に遊びに行くことになっていた。

始まりは心さんの提案だった。「お友達を家に招待してみたいんです……！」なんて言われたら叶《かな》えてあげたくなる。

心さんが夕食を作ってくれるらしく、以前花見で胃袋を鷲掴《わしづか》みにされた光はもちろん参加で、縁司も行きたいと言ってきかなかった。

楓さんも誘おうと思ったが、心さんと面識がないし、いきなり家は厳しいと考えてまたの機会にした。でも、それもこれも今日が提出期限の課題を終わらせないと参加は不可能だった。

俺はどうしても心さんの手料理が食べたい一心で終わらせたけど、縁司は間に合わなかったらしい。

「大体、いつも縁司は課題を溜《た》め込み過ぎなんだよ」

「翔ちゃんもこっち側だと思ってたのに……、裏切り者！」

「心さんは終わってるんですか？」

「はい、私はすぐに終わらせてしまうタイプなので……」

「ほら、こっちが多数派だから、お前が裏切り者だ」

「翔ちゃんの馬鹿〜！　人でなし〜！　クズ〜！　友達だからだよ〜！」

「お前いつまでそれ引っ張るんだよ！」

俺と縁司のやりとりを微笑《ほほえ》みながら見守る心さん。こうして心さんに俺以外の友達ができてよかった。

最近はほとんど噛まなくなったし、初めて会った時から良い意味で変わった。

もう、俺がいなくても大丈夫な気すらする。

……それは、寂しいけど。

「じゃあ、縁司は課題頑張れ。心さんの手料理、写真だけは送ってやるよ」

「それ余計に辛《つら》いからね？」

しばらく縁司に文句を言われていると、心さんが「お手洗いに行ってきます」と言って席を立つ。

まるでそれを見計らっていたように、縁司が通学用のトートバッグから何かを取り出して。

「今日行けない僕の代わりに、せめてこれを僕だと思って持って行ってよ……。きっと必要になるからさ」

縁司が差し出したのは、正方形の小さな袋に入った丸い物。

「あー、ありがとうございますー。今、一ノ瀬《いちのせ》さんからコンドームを頂きましたー。こんなんなんぼあってもええですからねー、じゃねぇよ!!　光もいるんだからな!!　って光いなくても使わねぇよ何言ってんだ俺!!」

「あははは っ、翔ちゃんノリツッコミ上手！」

アホの縁司を置き去りにして、俺と心さんは電車に乗って心さんの家の最寄り駅に向かう。そこで光と合流する予定になっているからだ。

「心ちゃ〜ん！」

改札の向こうから、心さんと同じく六月版の光が駆け寄ってきて、真っ先に心さんに抱き着いた。

光のファッションは心さんとは違うが、嫌いな男は居ないのではないかと思う。

黒のロングブーツと膝上丈のショートパンツの間に見える太腿《ふともも》は、あれだけ大食いだということが信じられないくらいに細くて白い。チャコールグレーでオーバーサイズなパーカーの丈が長くて、ショートパンツが見えづらい。そのせいでまるで何も穿《は》いていないように見えてしまうから、駅前で男の視線を集めることになる。

「光ちゃん、こんにちは。苦しいよっ」

「ごめんっ、でも今日招待してもらえるのが嬉《うれ》しくてっ」

本当に、仲良くなったなこの二人。それは良いことだけど、俺を置いていくなよ。寂しいだろ。

「あ、翔。ども」

「軽っ」

俺に気付いて軽く手のひらを見せた光が、ようやく心さんから離れて、三人で心さんの家を目指した。

「今日は本当に良かったんですか？　夕食ってなったら、ご家族もいるでしょ？」

「それなら大丈夫です。今日は両親いないので」

両親いないのでという言葉が脳内で反芻《はんすう》される。

さっきした縁司とのやりとりも相まって、変なことを考えてしまう。アイツ、いない時でも俺をからかってきやがるのか。

なにかを察知したのか、光が俺を睨《にら》みつけてくる。田中に比べるとまだ優しい視線だ。長男だからその視線に耐えられるけれど、もしも次男だったら耐えられなかった。……そもそも一人っ子だけど。

「一応手土産持ってきたんで、帰ってきたら渡しておいてもらえますか？」

「あ、ありがとうございます……」

今日初噛《が》み頂きました。

少女漫画に染められた乙女脳の心さんのことだ、まるで結婚の挨拶のようだと想像して照れたんだと予想する。

「これは私からね」

「光ちゃんも、ありがとう。みんなでいただくね。今日は光ちゃんリクエストのカレーを作るんだけど、美味《おい》しくできるといいな……」

「やったー！」

両手を上げて喜ぶ光は、まるで子供だ。とは言いつつも、俺だって心の中で本日二度目のガッツポーズを決めている。

心さんの手作りカレーを食えないとは、ざまぁみろ縁司。

駅前のスーパーで買い出しをして、数分歩いたら心さんの家に着いた。

心さんの印象からして、執事とかいちゃう系のお嬢様という可能性も考えていた。でも、思っていたより普通の一軒家だった。

築年数が浅いのか、ただ心さんが住んでいるから神々しく見えるだけなのか、外壁の白い部分が眩《まぶ》しい。

これが初音《はつね》家……！

「では、どうぞ……」

恥ずかしそうに心さんが玄関のドアを開けてくれて、初音と書かれた表札を横目に足を踏み入れる。

「お邪魔します」

先に俺が入って、続いて光が入った。

心さんがスリッパを出してくれたと思えば、急に膝をついて。

「ほっ、本日はお越しいただきまこっ、誠にありがとうございましゅ……!!」

「心さん、リラックスリラックス」

「お招きいただきありがとうね～」

光も心さんを真似《まね》てその場で頭を深々と下げる。

招いてもらった俺たちよりも緊張している心さん。多分、友達とか来たことないんだろうな……。

脱いだ靴を揃《そろ》えてから、心さんが準備してくれたスリッパを履くと、心さんが嬉しそうに頰《ほお》を緩ませていて。

「そのスリッパ、翔くんとお友達になった時に買ったんです。いつか、履いてくれたらって思って……」

俺と心さんが友達になったのって、多分初めて会った時だけど、そんな時からこうなることを予想していたのか……？

いや、予想というより期待……？

「手を洗うのはどこですか？」

「廊下の一番奥の扉に脱衣所があって、そこに洗面台があります」

「ありがとうございます」

光はロングブーツを脱ぐのに苦戦しているから、先に手を洗ってしまおう。

洗面所に向かいながら、ズボンの右ポケットに何か入っている感覚が気になって、手を突っ込んだ。

それを取り出しながら、洗面所のスライド式扉を開いて。

「せっ、先輩……⁉」

視線が足下に向いていて気付かなかったが、誰か居たらしい。

声がして、その方向に目を持っていく。そこに居たのは、全身肌色の服を……、いやこれ服じゃないな……。

——肌だ。

それに、驚くのはそれだけじゃなかった。俺の目の前にいた人物に、俺は一瞬思考が止まって。

「————え？」

震える体と、風呂あがりなのか少し湿った肌。

タオルで軽く拭いた程度にしか乾かせていない髪が、ここが濡《ぬ》れ場《ば》であることを強く主張してくる。

「い……！　いつまで見てるんですかっ‼」

「……はっ⁉　な、なんで田中が⁉」

いや、そんなことよりも今は、ここから出ないと。

タオルで大事な部分は隠れているとはいえ、田中は全裸だ。みるみる顔が赤くなる田中が、俺の右手に握られたものを見る。

おいおい縁司、お前はどこまで俺を揶揄《からか》えば気が済むんだよ。

「この……変態‼」

「痛ぁっ‼」

頬を叩《はた》かれて、廊下に叩《たた》きだされた俺の右手には、縁司が仕込んだであろうコンドームが握られていた。

一話　家族に好かれるとその子にも好かれやすくなる。

「本当に、妹がごめんなさい……」

心底申し訳なさそうに俺の腫れた右頰に保冷剤を当ててくれる心《しん》さん。

この腫れを作った張本人は全く悪びれる様子もなく、太々《ふてぶて》しく腕を組んで俺を睨んでいる。

「ほら、天《そら》もちゃんと謝って……！」

「嫌。私は悪くないもん」

「ごめんなさい……」

こうして見ていると心さんはちゃんとお姉ちゃんなんだなと感じる。普段はあまり頼れる雰囲気はないのに、田中《たなか》の前ではしっかり者に見える。

「心さん、いいんです。事故とはいえ風呂あがりを覗《のぞ》いてしまったのは事実ですから……。ごめんな、田中」

「田中……？」

心さんが不思議そうに首を傾《かし》げて、同時に田中がいつもより激しく俺を睨んだ。ああ、そうか。田中は心さんの妹で、苗字《みょうじ》は初音《はつね》のはずだ。

つまりバイト先ではなぜかはわからないが偽名を使っていたことになる。心さんからは複雑な家庭環境だなんて聞いたことないし。

「あー、これ、あだ名なんです。なっ？　田中」

偽名を使ってバイトしているということは、なにかバイトしていることがバレてはいけない理由があるんだろう。

とりあえず今はなんとなく話を合わせてやる方がいい。

「なに？　翔《しょう》、妹ちゃんと会ったことあるの？」

「あ、いや、その……」

「はぁ……。もういいですよ、先輩」

諦めたのか、田中はため息を吐《つ》いてから立ちあがる。

「私の本名は初音天。お姉ちゃんの妹で、先輩の働いているカフェの後輩です」

「……なんで、偽名なんか使ったんだ？」

「ちょっと待ってよ、私と心ちゃんはついていけてないんだけど、どういうこと？」

見れば光《ひかり》はもちろん、心さんも困惑していた。きっと田中が俺と同じカフェでバイトしていることを知らなかったんだろう。

「俺のバイト先に、少し前から田中っていう名前の女の子が新しくバイトで入ったんだ。それが……」

俺は田中を見てから、光と心さんに目を向けた。二人はそれを聞いてもまだ困惑しているようで、状況が飲み込めていない。当たり前だ。だって、俺だって飲み込めていないんだから。

「じゃあ、なんで妹ちゃんは田中って名乗ったの？」

「それを今聞いてるんだ。……田中、なんでなんだ？」

田中は黙って俯《うつむ》いたまま、何も話そうとしない。

心さんが背中に手を当てて、心配そうな目で見ているのを見て、これ以上聞くのも可哀《かわい》想《そう》に思えてきた。

「言いたくないなら別にいいんだ。ごめん、俺もびっくりしてて」

「──先輩を、監視するためです」

「……は？」

田中はいつものように、俺を睨《にら》みながら続ける。

「お姉ちゃんに変な男が寄ってこないように私が警戒しておかないと、世間知らずなお姉ちゃんを騙《だま》そうとする男が現れる。今までそうだったように、先輩もそうかもしれないと思って、監視を始めました」

「ちょっと待て、俺と田中が初めて会ったのはバイトだろ。俺は田中に心さんの話をしたことはないぞ。俺が心さんと関わりがあることをどうやって……」

「あっ、それは多分私が話したからだと思います……」

心さんが申し訳なさそうに言うが、俺のいないところで、妹に俺の話をするって……何を話したんだろう。

「最近マッチングアプリで知り合った男の子がいるって聞いて、気が気じゃなかったですよ。マッチングアプリなんて、変な人多そうだし。それに、実際先輩は女の子の家に来るのに他の女の子と、それも元カノと一緒に来てて、つまりお姉ちゃんのことは都合の良いちょろい女とか思ってるんじゃないんですか？　そんな人とお姉ちゃんを——」

「こいつはそんな男じゃない」

衝撃だった。

　田中が俺に対する文句をつらつらと述べている途中で割り込んだのが、田中の意見に一番同意していそうな、光だったから。

「天ちゃん、だったよね。天ちゃんは、翔をこれまで監視してきて、どう思ったの？　そんなクズに見えた？」

「……なんですか、光さん、でしたよね。あなただって、都合良く先輩の側《そば》に置かれているだけじゃないんですか？」

「俺はそんなっ……」

「私は、翔と居たくて一緒にいるだけ。別に翔が私のことを都合良い女だとか思ってても、私はどうだっていいよ。これは私の意思だから」

　珍しく光が本気で怒っているように感じた。いつも俺に向ける態度はどこか冗談っぽさを感じる怒り方だった。

　でもこれは、違う。

　さすがの田中も、光の怒気には一歩及ばなかったのか、肩を落としている。まるで牙を折られた猛獣のようだ。

「熱くなってしまいました、ごめんなさい。でも、私は先輩のことを認めません。それだけは、絶対です」

それだけ言い残して、田中はリビングから出て行く。

認めないってなんだよ。

それじゃあまるで俺と心さんが付き合っているみたいじゃないか。そんなこと、ありえないだろ。

だって、あの心さんだぞ。

「妹がすみません……」

「いや、俺は別に平気ですから。気にしないで」

「光ちゃんも、ごめんね？」

「ううん、私も人げなかった。天ちゃんの部屋は二階？」

「うん、そうだけど……」

「ちょっと謝ってくる」

「それなら私が代わりにっ……」

光は田中を追いかけてリビングを出て行く。光の背中に伸ばしていた手を収めた心さんは、俺に向かって深く頭を下げて。

「本当に、ごめんなさい。天は、私のことを大切に思ってくれているだけで、悪い子じゃないんです……」

「いえ、本当に平気ですから」

それに、いつまでも曖昧な俺がいけないのは事実だ。

俺は、光のことをただの元カノと思えていない。ずっと、残っている。

心さんのことだって、ただの友達というには距離が近くて、異性として見ていないなんて言い切れない。

だから、田中に言われたことが図星をついてきて、罪悪感を感じたんだ。

原因は、俺だ。

さっきの光の発言に、揺れた。

一緒にいたいと思っているのは、俺だけじゃないってわかって。

もしかしたら光も、自分でどうしたいのかわからないのかもしれない。俺と同じなのかもしれない。

その考えは、希望的観測に過ぎないのだろうけど。

「あっ、光ちゃん」

「ちゃんと謝って、仲直りしてきたよ」

「ごめんね、気を遣わせちゃって」

「ううん。それより翔、なんで天ちゃんと一緒に働いてて心ちゃんの妹って気付かなかっ

「は……？　いや、気付くわけねぇだろ。田中だぞ。初音じゃないじゃん」

光は呆《あき》れたように口が半開きになっている。

「あれだけ心ちゃんに似てるんだから、普通気付くでしょ……」

言われてみれば、田中は可愛《かわい》い。心さんと似ていて顔のパーツは整っているし、神様が本気で作った美少女って感じだ。

顔もスタイルもほぼ心さん。でも……。

「髪型が違うし、俺が田中に会うのはバイト中で制服だぞ」

「アンタどこで人を認識してるのよ。ていうかそれなら私が髪切った時気付きなさいよ。昔はいつも気付いてくれなかったじゃん」

「いや、光は月一くらいで美容院行ってただろ。そんな頻繁に行ってたら変化も少ないし、わかんねぇって」

「メイク変えても気付かないし……」

「男にメイクのこととかわかんねぇって……」

というか、光は俺に気付いてほしかったんだろうか。

そんな素振り、一度も……いや、あったかもしれない。

デートで待ち合わせ場所に着いた時、最初は機嫌が良さそうな感じだったのに、すぐに不機嫌になることがあった。

あれはもしかして、髪を切ったこと、メイクを変えたことに俺が気付かなかったから不貞腐《ふてくさ》れていたのか。

「ねぇ、喧嘩《けんか》はやめよう？」

「うっ……」

光に対してだと思うが、タメ口の心さんは破壊力がヤバい。それに首を傾げて上目遣いが加勢してきて、可愛さの宝石箱やんけ……。っと、こんなこと考えてるからいつまでも曖昧なんだろ……！

「それじゃあ、私はカレー作り始めるので、二人は私の部屋で待っててください」

カレーは煮込む工程が長いから、それなりに時間がかかるだろう。

その間、俺と光が過ごす部屋。日頃心さんが寝て起きて着替えている部屋。だめだ、落ち着くんだ俺。キモイぞ。

「ここです、どうぞ」

心さんの部屋は、イメージ通りだった。

壁に沿って俺よりも背の高い本棚があって、その中には少女漫画がびっしりと隙間なく詰め込まれてた。

白と薄いピンクがメインの配色になっている六畳ほどの部屋には、ウォークインクローゼットがあって、その中にも沢山少女漫画があるらしいことは光が教えてくれた。

俺はウォークインクローゼットには入っていない。入れば息の根を止める、そう光に止められた。

多分、服があるからだろう。その中に男の俺が入れない理由なんて、わざわざ説明されなくてもなんとなく察しがつく。

心さんは「ごゆっくり」とだけ言い残してキッチンに戻っていく。

光はお姫様のような装飾のベッドに腰かけて、少女漫画を開く。

俺はというと、なかなか落ち着けずに立っていた。そんな俺を見て、家主でもないくせに光が鬱陶しそうに言った。

「とりあえず座ったら？　まるで初めて女の子の家に来た童貞ね」

「うるさい。童貞じゃねぇよ」

「挙動は疑いようもなく童貞だけどね。……そもそも、翔が童貞じゃないことくらい、知ってるし」

光は言ってから居心地が悪そうに目を漫画に逸《そ》らして。

「「……」」

密室にラブホテルのようなベッドと元恋人。最悪の組み合わせだ。

なんとか気持ちを切り替えようと、座椅子に座って部屋にあるものに目を向けた。

大きな本棚、布団がないこたつ机、その中央に置かれた観葉植物とタブレットらしき全面液晶の機器、星形に所々穴が開いたピンクのカーテン。

このカーテンは朝日が出てくると暗い部屋が星から漏れる光によって照らされるようになっているのか。心さんらしい。

なによりも目を引いたのは、ベッドの上に座る猫のぬいぐるみだ。

その猫はまるでボス野良猫のように太々《ふてぶて》しく、そんなはずないのに俺と目が合っているというか睨まれている。

なんだこの太々しい猫。

「この猫、翔にそっくりね」

「はいはい、もう何度目だよそれ言われるの」

「まだ二回目でしょ」

「縁司《えんじ》にも言われたんだよ。ボス野良猫って」

「猫だしいいじゃん」

「まあな」

心さんならぬいぐるみは沢山持っているものだとばかり思っていた。

実際はベッドの上に図々《ずうずう》しく座っているコイツくらいで、他には見当たらない。なんで、たった一匹のぬいぐるみをコイツにしたんだろう。

——この猫、翔にそっくりね。

いやいや、そんなバカなこと……。

俺に似ているから選んだのか、それはさすがに自意識過剰だ。……でもスリッパも俺用で準備してたし、ありえないこともないか……？

初めてできた友達だから嬉《うれ》しくて、俺に似ているぬいぐるみを買った。そしてコイツは毎晩心さんと一緒に寝ていて……。

だからキモイって、俺。もうやめよう。

「なんか顔赤いけど、暑いの？　窓開ける？」

「いや、大丈夫」

こんなことでなに赤くなってんだよ、俺は童貞か。

「ねぇ、それってタブレット？」

机の上に置いてある全面液晶の機器を見て、光が不思議そうにしている。実は俺も少し気になっていた。

どう見たってタブレットなんだけど、画面の端にあるボタンの数が多すぎる。

それに、その機器の上に置いてあるボタン付きのペンと薬指と小指のみの黒い手袋も見たことがない。

防寒には一切活躍しなそうな布の範囲と生地の薄さで、この手袋は一体なんのためにあるのか。

「気になる。心ちゃんに聞きに行こうよ」

「邪魔しちゃ悪いだろ。俺は料理とかあんまりしないし、光も台無しにしそうだから手伝わずにここで待ってるんだし」

「えー、気になるー」

「子供か」

「いいじゃん聞くくらいー」

「光、お前本当は一階からの匂いに釣られてるだけだろ」

「……勘のいいガキは嫌いだよ」

「はぁ……、つまみ食いは駄目だからな」

「はーい！」

階段を降りて行くと、ますますカレーの良い匂いが濃くなっていく。

キッチンには白くて可愛らしいエプロンを着た心さんがいて、泣いていた。

涙の理由は、きっと。

「心ちゃん大丈夫⁉」

「あっ、うん。玉葱《たまねぎ》切ってるだけだよ」

「なんだ、よかった……」

光は、心さんのことを大切に思っている。涙を見た時の慌てようで、そう察した。

心さんに紹介した女の子の友達が光で大正解だった。この二人は、想定していなかったが相性が良いらしい。

「心さん、これよかったら」

「ありがとうございます……」

「エプロン、可愛いですね」

「ありがとうございます。でもこれ、紐《ひも》がもう切れそうで……」

「そうなんですね、可愛いのに、残念」

俺の手渡したポケットティッシュで涙を拭いて、光の手にあるタブレットらしきものに目を向けた。

「あの、それ……」

「そうそう、これってなんなの？　タブレットではないのかなって」

「ぺ、ペンタブだよ。……絵を描くための機械」

恥ずかしそうに言った心さんの頰《ほお》が赤い。玉葱に泣かされた目がキラキラ輝いているのも相まって天使のようだ。

「心さん、絵描くんですね」

「ぜ、全然上手じゃないですけど……」

「私心ちゃんの絵見てみたい！」

少し渋ったようにも見えたが、心さんはコクリと小さく頷《うなず》いて、自室のウォークインクローゼットからパソコンを出してきた。

それをこたつ机の上に置いて。

「この中にあるので、自由に見てください。私は……、恥ずかしいのでキッチンに戻ります……」

「照れることないのに……」

心さんの部屋に戻ってきた俺たちは、並んで座り心さんのパソコンにある絵を見始めた。

元々俺が座っていた座椅子は光に奪われたので、俺は地べたに体操座りで見ることになった。ケツ痛い。

「うっそ、めっちゃ上手《うま》いじゃん……」

光が言った通り、心さんの絵は凄《すご》く上手だった。

系統で言えば、少女漫画のような画風。女の子は可愛《かわい》く描けているし、男の子はイケメンだ。

ただ、今のところ全て一枚絵で漫画ではない。

漫画はそんなに簡単には描けないのだろうか。でも、これだけ上手ければ漫画も描いていそうなものだ。

心さんは本棚を見ればわかるが少女漫画オタクだ。だったら、自分で描いていても不思議ではない。

「少女漫画っぽいね」

「ああ、そうだな……っ」

気付けば光の顔が息もかかるほどに近づいていた。光は絵に夢中で気付いていないようだけど、これは……まずい。

「ちょっ、ちょっとトイレ行ってくる」

「いってらー」

俺に視線を向けることもせず、気だるげな返事をした光を心さんの部屋に残して出ると、ちょうど他の部屋から出てきた田中と鉢合わせる。

「先輩……」

「おう、田中。トイレどこ？」

「一階の脱衣所の隣にある扉です」

「ありがとう」

田中にお礼を言って階段を降りようとすると、袖を引かれて。

「あの……」

「ん？」

「さっきは、失礼なことを言ってしまい申し訳ありませんでした」

深く頭を下げた田中が、ゆっくりと頭を上げると後悔している顔で。

「気にすんなよ。俺が田中の立場なら、確かに心さんを心配すると思うし。マッチングアプリで出会った男とか、不安だよな。心さん騙《だま》されやすそうだし。だから、俺も気持ちわかるし、平気だ」

「でも、言い過ぎました」

「だから気にすんなって。普段から光と縁司に散々バカにされてるから慣れてるんだ。それより……、漏れるから手を放してくれ」

「あっ、すみません……」

自分から俺の袖を引いてきたのに、自覚がなかったような反応で驚いていた。

田中は心さんの言っていた通り、根はイイ奴《やつ》なんだろう。ただ、心さんのことが心配なだけなんだ。

俺も、もしも心さんによくわからない男が近づいてきたら不安になると思う。それは、恋愛感情による嫉妬なのか、それともただ友達を奪われたくないという独占欲なのか。

どちらにしても、ただ友達になりたいと思っている心さんからすればさぞ迷惑な話だろうけど。

――本当に、翔くんは鈍感です……。

あの日、雨の日、俺が借りているアパートの一室に心さんがやってきた日。あの時言っていたのは、どういう意味だったんだろう。

鈍感だなんて、そんなことはない。

俺は結構他人の感情に敏感な方だと思っている。でも、心さんは前にも一度似たようなことがあったから。

――私が、忘れさせてあげます。

あれは結局、友達として、だったわけだし……。鈍感と言われただけで、変に意識するな。またどうせ俺の勘違いなんだから。

トイレから戻ると、光が急いでパソコンを閉じた。何を隠したのか、心さんの見られたくないものでもあったのか。

「もう終わり」

「なんでだよ。俺まだ全部見てないぞ」

「翔は見ちゃダメ」

「なんで俺だけ……」

「絶対見たらだめだから」

「わかったよ……」

仕方なくスマホで時間を潰そうとしていると、今度は光がトイレに行って俺は一人になった。

……まあ、少しくらい、いいよな。

パソコンを開いた。光に止められたけれど、人間はダメだと言われれば言われるほどやりたくなってしまう生き物なんだ。仕方ない。

「これって……漫画だよな……」

光が見せないようにしていたのは、おそらく心さんが描いた漫画だった。見られたら心さんは恥ずかしがるだろうし、光は心さんのために、俺には見せないようにしていたのか。

でも、心さん自身が許可してくれたんだし、いいんじゃないか。

よく見れば、画面の端にその漫画を描いた日付が表示されていた。ページによって少しずつずれているが、前半部分は二年と少し前。ちょうど俺たちが大学に入学した頃だ。後半は、四か月前辺り。——俺と心さんが出会った時期。

漫画のジャンルは、普段読まない俺でも少女漫画だと理解できるくらいに綺麗《きれい》な少女漫画だった。

引っ込み思案な主人公の女の子が、人見知りを克服するためにマッチングアプリを始める。

そこで出会った男の子との、恋愛模様を描いた作品。

主人公は高校生の頃まで友達も一切いなくて、容姿も長い前髪と自信のなさそうな曲がった背筋のせいでオバケみたいだと言われていた。でも、そんな主人公は大学に来て一気に変わることになる。

主人公が変わる決意をしたのは、大学で出会った男の子がキッカケだった。

その男の子は、入試の日に主人公が落としたハンカチを拾ってくれた。無事に合格した主人公は強引なサークル勧誘を受けてしまうが、それを助けてくれたのが、入試の時にも助けてくれた男の子。

確か、自分にもそんなことがあったな、と思い出した。あの時の女の子は、その後大学で見なくなったけど、大丈夫だろうか。

物語はそこから展開していく。主人公はその男の子に見合うような女の子になりたくて、努力を重ねた。

筋トレ、メイク、ファッション、苦手な美容院にも通って、自分を高めた。そして、最後に人見知りを克服するために始めたマッチングアプリで、その男の子とマッチングすることになる。

まるで、俺と心さんのようだ。

もしかしたら、俺は過去に心さんと会っているのか。

あの時の女の子を思い出してみると確かに、どこか心さんの面影を感じる気もする。にしても、変わりすぎている。

「ちょっと、読んだらダメって言ったじゃん……」

「光……」

漫画に夢中になっていて、光が二階に上がってきていることに気付けなかった。

「はぁ……、心ちゃんがそろそろできるから降りてきてって」

「……おう」

光は、どうしてこの漫画を俺に読ませないようにしていたんだろう。心さん自身が許可をくれたんだし、あれほどダメだと言うのも違和感がある。他に、読まれたくない理由でもあったのだろうか。


リビングに降りていくと、既にカレーとサラダが並べられていた。

「お待たせしました。バターチキンカレーとシーザーサラダです」

食卓に並んでいるのは、四人分のカレーとサラダ。

四人用の食卓テーブルには、先に座っていた田中が俺を睨《にら》みながらスプーンを持っていた。

「なんですか？　まさかお姉ちゃんと二人っきりで食べられるとでも思っていたんですか？　早計でしたね」

「いや、そんなつもりは……。田中がいたのは予想外だったけど」

「ここ、私の家なので。それに私のお姉ちゃんですし」

わかったから、そう睨むな。

「すみません、天も一緒に食べたかったみたいで……」

「いやいや、俺たちがお邪魔してるんですから、気にしないでください」

「邪魔するなら先輩だけ帰ってください。それから、私が一緒に食べたかったのはお姉ちゃんと光さんだけです。先輩とではないので勘違いしないでください」

太々《ふてぶて》しく睨みつけてくる田中は、席を立って光と心さんの腕を抱く。光は戸惑ってはいるがまんざらでもなさそうだ。いつからそんなに仲良くなったんだよ。来てすぐ喧嘩《けんか》してただろお前ら。

「天ちゃん俺にだけ酷《ひど》くない？」

「天ちゃんって呼ばないでください。ついでにお姉ちゃんの名前も」

「じゃあなんて呼べばいいんだよ」

「田中でいいです」

それ偽名だろ。

「こらっ、天ダメでしょ、翔くんに失礼だよ」

「しょ……、翔くん……⁉」

座って、持ち直したばかりのスプーンを落としてしまうくらいに、心さんが俺のことを名前呼びしていることがショックだったみたいだ。開いた口が塞がっていない。

「調子に乗らないでください！　私なんて生まれた時から名前で呼ばれてますから！　私の方が早いし長いですから！」

何でマウントとってるんだこの子。名前くらいいいだろ……。

「別に競ってないだろ……」

呆《あき》れてはいるが、思い返せば俺も初めて心さんに名前を呼ばれたときは気持ちが昂《たかぶ》ったな。

そんなことより、目の前にあるカレーのスパイシーな香りがさっきから俺を誘惑してくる。早く食べたい。

光と心さんも席に座って、四人で手を合わせた。

「「「「いただきます」」」」

ほとんど料理をしないからよくわからないけれど、普通のカレーとは結構違う。一言で言えば、本場インドのカレーといった印象の香りと味。

俺の味覚が正常なら、バターチキンカレーはまろやかなカレー。バターはもちろん、牛乳や生クリームも入ってそうだ。

「ん～！　やっぱり心ちゃん天才だわ～！」

「ふふっ、ありがとう」

「お姉ちゃんの料理を毎日食べられるので私は幸せ者です」

地味にマウントとってくるな、田中。

「実はバターチキンカレーを作るのは初めてで、今まで普通のカレーばかりだったので少し心配です……」

「美味《おい》しいですよ。初めてってのが信じられないくらい」

「あっ、ありがとうございます……」

俺と心さんのやりとりを見て不機嫌な田中に視線を送ると、悔しそうに歯を剝《む》き出しにしている。ざまぁみろ。

「トマト缶を少し入れすぎたので、ちょっぴり不安もありました」

トマト缶も入れるのか。予想外だった。

言われてみればトマトの風味もあるように感じる。あまり舌が肥えているわけでもないから、本当になんとなくだけど。

最近心さんの料理を食べて、少しずつ自炊に興味が出てきた。

実は昨日もレシピを見ながら肉じゃがを作ろうとした。……が、あまり上手《うま》くできなかった。一気に自信を無くしたし、なによりかなり手間で、片付けにも時間がかかって大変だった。

心さんはそれを当たり前のようにできていて、光も、毎日俺のために弁当を作ってくれていたことを、今更ながらに凄《すご》いことだったと理解した。

できなくても、毎朝早起きして作ってくれていたんだ。

その行動だけで、気持ちだけで、あの頃の俺は嬉《うれ》しくてあのゲテモノ弁当をものともせずに平らげていたんだな。

「そういえば心ちゃん、絵凄い上手だね」

「うっ、私なんて全然です……」

一気に顔が赤くなった心さんは、誤魔化《ごまか》すように水を勢いよく飲み始める。

「俺も、凄いと思います」

「あ、あの……、私、パソコンを渡してから思い出したんですけど、……あの漫画も、入ってましたよね……？」

あの漫画。まるで俺と心さんの話のような、あの漫画の話。

田中もその漫画のことは知っているのか、正面から更に強く睨みつけてくる。隣に座っている光は、気まずそうに俯《うつむ》いた。

「漫画、読みました。面白かったです」

「ううぅ、恥ずかしいです……」

「私も、面白かったよ。少女漫画偶《たま》に読むけど、売り物でもあの漫画なら欲しいって思った。それくらい、良い話だったよ。あの二人を、……応援したくなる」

「光ちゃんも、ありがとう……」

心さんの部屋には多くの少女漫画があって、いつも俺と一緒に居る時には少女漫画的展開があると喜んでいる。

そして、心さん自身も漫画を描いている。もしかしたら心さんは、少女漫画家になりたいと考えているんじゃないだろうか。

「心さんは、漫画家を目指したりしないんですか？　あれだけ面白い話を思いつけて、あれだけ可愛《かわい》い絵を描けるなら、プロにもなれそうですけど……って、素人の俺が言っても説得力はないか」

「私は……」

言いかけて、心さんは首を横に振って。

「私なんかには、無理ですよ」

最近は意外と我が強いという面が見えてきた心さんだったが、本心は言ってくれない。

本当は、なりたいと思っているんだ。なんとなく、そう感じる。

だって心さんは、自分には『無理』だと言った。『やりたくない』とは、言わなかったから。

夕食を食べ終えて、俺が食器を洗い、光がそれを拭いた。食器棚の中にある食器の定位置はよくわからないから、田中が手伝ってくれた。

今日は楽しかったな。同時に色々と新しい情報が入ってきて、少し疲れてしまったかもしれない。

バイト先の俺にだけ冷たい後輩が心さんの妹だったし、心さんが漫画を描いているという意外な一面を知った。それに、光の様子がおかしかった。それが一番、胸につっかえている。

心さんの家を出て、駅までの帰り道。光は妙に静かだった。

光のことだから、「心ちゃんのカレー食べたいな……」とか、食べ終わったばかりなのに言うと思っていた。

光と再会したあの日は二月中旬で、随分と寒かった記憶がある。今はもうジメジメと湿気も鬱陶しい六月になったが、夜はまだ少し肌寒い。

「脚とか、寒くないのか？」

ロングブーツとショートパンツの隙間を見ながら、何か考え事でもしていそうな表情の光に言う。

光はまるで思い出したように「あぁ、確かに」と太腿《ふともも》を摩《さす》って。

「まあ、大丈夫」

「そっか、ならいいんだ」

光との会話が平和だと少し調子が狂うな。いつも喧嘩してばかりだから、こういう空気には慣れてないんだ。

「先輩っ……！」

心さんの家の方から声がして、俺の呼び方と声からしてすぐに田中だとわかった。

振り向くとそこにはショートカットの心さんがいた。ああ、理解したうえで見ると本当にそっくりだな。

髪が短くなって、陽キャになった心さん、みたいな雰囲気の田中が俺に近づいて、人差し指を俺の眉間に叩《たた》きつけるように見せて。

「あの漫画を読んだからって、勘違いしないでください！　あれはフィクションで、先輩とは無関係ですから！」

まるでドラマやアニメの注意書きのようなことを言ってから、人差し指を下ろした田中が、俯きがちに言った。

「先輩は、お姉ちゃんに相応《ふさわ》しくありません」

二話　カップルができると周りも次々付き合いだす。

「じゃあな、課題頑張れよ」

「うん、翔《しょう》ちゃんは楽しんできてね」

食堂で昼食を食べ終えた後、翔ちゃんは初音《はつね》さんと一緒に先に帰っていった。

これから二人は光《ひかり》ちゃんと合流して、初音さんの家に行くらしい。僕は課題が終わっていないから、学校に残る。……ということになっている。

実際はいつまで経《た》ってもあの二人と進展していない翔ちゃんを気遣って、自粛してあげたのだ。

僕って、本当にナイスな男だと思う。

翔ちゃんはもう少し僕のこれまでの行いに気付いて感謝するべきだ。

もしも翔ちゃんがあの二人のどちらかと付き合って、未来の話にはなるけれど、もしも結婚したなら――。

僕のことを友人代表、それから翔ちゃんの恋を陰ながら支えてきた縁の下の力持ち代表として、スピーチさせるべきだと思う。

まったく、世話の焼ける親友だ。

そんな縁の下の力持ちな僕のスマホが鳴る。

『イッチー、今からデートしない？』

LINEで送られてきたデートの誘い。送り主は楓《ふう》ちゃんだった。

翔ちゃんたちに本当は課題が終わっていることをバレないように、時間差で大学を出ようと思っていた。

実際あれから三〇分は経っただろうか。

もう大学に居る必要はないし、断る理由もない。僕は軽くスキップしながら大学を出て、駅に向かう。

『したい！　どこにいけばいい？』

『舞子《まいこ》駅！』

体にぴったりと張り付くニットワンピースを着た六月仕様の楓ちゃんが、舞子駅前の壁に背中を預けていた。

体のラインがはっきりと見えてしまっていて、沢山の人が行き交う駅前でも一番輝いている。

その証拠に通る人はみんな楓ちゃんを見ていて、頬《ほお》を赤くしていた。

見るな、僕のだぞ。

「楓ちゃん！」

「あっ、やっほ〜イッチー！」

声をかけるとスマホから目を離して、満面の笑みで僕に手を振る楓ちゃん。

数メートル先の僕に向かって、跳ねながら右腕を高く伸ばして手を振っているものだから、薄い生地のニットではカバーしきれない大きい爆弾が二つ、激しく揺れていた。

もう……、昔からスカートなのに鉄棒で逆上がりしたり、お転婆《てんば》なんだから……。

「楓ちゃん、デート誘ってくれてありがとう。どこか行きたいところあるの？」

「うん、実はね〜、レンタカー借りてるの〜」

「レンタカー？」

「うん。行き先は内緒で〜す」

「え〜、気になるな〜。時間はどれくらいかかるの？」

「四〇分くらいかな〜？」

翔ちゃんのおかげで楓ちゃんと本当の意味で再会できてから、一か月ほどが経っている。

あれから僕らは何度かこうしてデートをした。

翔ちゃんが教えてくれたカフェに行ったり、楓ちゃんの希望で初めて一緒にお酒を飲んだり、お互いの服を選びあったり。

今日は、どこに行くんだろうか。

本当は、舞子駅だと言われて見当がついていた。

目的地までは四〇分くらいで、これだけ栄えていて駅も沢山ある神戸《こうべ》でレンタカー、『内緒』と言った時の楓ちゃんの表情。

「あー、淡路島《あわじしま》？」

僕が言い当てると、口を開いて驚いている楓ちゃん。やっぱりそうか。

「う、う〜ん、どうだろうね？　着いてからのお楽しみだよ？」

「ふふっ、そうだね。じゃあ楽しみにしていようかな」

駅前の駐車場に行くと、楓ちゃんが「これこれ〜」と白い軽自動車に駆けていく。

そういえば、楓ちゃんでも免許取れたんだな。失礼だけど、意外だった。

「よ〜し、じゃあ私のドライブ技術を披露してあげよ〜！」

袖を捲《まく》る仕草でやる気を見せる楓ちゃんは運転席に乗って、続いて僕も助手席に乗る。

正面に目を向けて、シートベルトをした。

それでも、いつまで経ってもエンジンがかからなくて、隣に目を向けると差し込んだ鍵を指で突《つっ》いていた。

「大丈夫……？」

「教習車と形が違うの……」

「鍵を回したらエンジンかかるよ？」

教習車もそうだと思うけど……。

それに、ここまで来るのにエンジンかけただろうに。

「あー、そうだった。ド忘れド忘れ」

マイペースな楓ちゃんにはあんまり運転は向いていないように思える。

そんな楓ちゃんの運転で四〇分間高速道路を移動するということに不安しか感じないいな……。

「楓ちゃん、運転代わるよ」

「あはっ、やっぱりそうした方がいいよね」

「僕まだ死にたくないからね」

「私も～。じゃあお願いしま～す」

席を替わってから、そういえば僕は目的地を知らないことを思い出す。

淡路島だということはわかるけど、島のどこなのかはわからない。それに、淡路島だということも知らない設定だった。

「どこに行けばいいのかわからないんだけど、ナビしてもらっていい？」

「あっ、そうだったね。じゃあこれから、シークレットドライブデートを始めま～す。しゅっぱーつ！」

楓ちゃんの掛け声で、僕らのシークレットドライブデートが始まった。

「到着～。ここがイッチーと行きたい場所の一つ目で～す」

高速道路を降りた場所で予想はできた。

こうして帰ってくるのは随分と久しぶりだ。

僕がまだ地元に住んでいた時、実家の次によく居た場所だ。

帰っても誰もいないあの家じゃなくて、いつも僕を温かく迎えてくれた、日和《ひより》家。

家に入ると、懐かしい匂いとあの頃と変わらない歩く度に軋《きし》む廊下が迎えてくれる。リビングに入るとソファでテレビを見ている女性が座っていた。

「おかえりお母さ～ん」

「あら、楓。ただいまでしょ、おかえり。……縁司《えんじ》くん？」

「お久しぶりです、お義母《かあ》さん」

「久しぶりね。おかえりなさい」

まるで自分の子供と久しぶりに会ったかのように、当たり前に迎えてくれたお義母さんが、僕と楓ちゃんを軽く抱きしめた。

「二人とも、なにか飲む？」

「私ハイボール！」

「バカなこと言わないの。まだ昼過ぎでしょ。縁司くんは？」

「えっと……じゃあ珈琲《コーヒー》を」

「ブラックでよかったよね？」

「はい。ありがとうございます」

高校時代、楓ちゃんと話さなくなってからお義母さんとは会わなくなった。近所に住んでいたし、すれ違うことはあった。

でも、僕が意識的に避けていた。

まだ気まずさが残る僕と違って、お義母さんは全てを理解していたようだった。

「今日はどうしたの？　楓はいつも突然来るから準備もしてないし、大した物出してあげられないんだけど」

マイペースな楓ちゃんらしい。

「イッチーと地元巡りだよ〜。お父さん帰ってくるの夜だよね。それまでレンタカー停《と》めさせてね」

地元巡り……。まあなんとなく気付いていたけど、シークレットって言ってなかったっけ？

お義母さんを手伝おうとキッチンに行くと、女性にしては高めな身長で、一八〇センチの僕より一〇センチほど低い視線をマグカップに向けながら、お義母さんが小声で言った。

「また楓と仲良くしてくれてありがとうね」

「……いえ、こちらこそ、僕は楓ちゃんに救われてばっかりです」

「ふふっ、次に来るときは結婚の挨拶かしらね？」

全てを見透かしたようにお義母さんは微笑《ほほえ》んで、おぼんにマグカップ二つとお茶菓子の饅頭《まんじゅう》を載せた。

「……そうだと嬉《うれ》しいです」

おぼんをリビングに持っていくお義母さんの背中に、聞こえないように小声でそう答えた。

「じゃあ、お饅頭も食べたことだし、シークレットウォーキングデートを再開しま〜す！

イッチー隊員、準備はよろしいかな？」

車を停めたからちょっと変わってる。

「隊長、次はどこに行くんですか？」

「私についてきてのお楽しみだよ～」

「はいはい、シークレットだもんね」

「ふふ～っ」

ゆっくりと、僕らが育ってきた町を歩く。

神戸に引っ越して以来だから、まる二年ぶりくらいか。どこを見ても変わらなくて懐かしい。

「この公園でよく遊んだよね～」

「懐かしいね。楓ちゃんが砂のお城を作るまで帰らないって言って、僕も手伝わされたっけな」

「そんなことあったっけ？」

「あったよ。でも楓ちゃん、夕方くらいには飽きちゃって、結局僕が作ったんだよ」

「あ～、あったあった。次の日台風が来て潰されちゃったんだっけ」

「違うよ、楓ちゃんが『私が住む～』って言って、上に乗ったから潰れたんだよ」

「あはっ、そうだっけ？　ごめ～ん」

しばらく歩いていると、僕らの通っていた高校が見えてくる。

正門に駆け寄った楓ちゃんは、写真を撮ってほしいと僕に注文してシャッターを切る瞬間に全身を使って大きく跳ねた。

少しタイミングがずれたせいで、着地の衝撃で頬が下がっている楓ちゃんを写してしまった。

「うわ～、恥ずかしいから消して。もう一回！」

今度はジャンプを最高到達点で捉えることに成功したが、事故画像もしっかり残しておこう。こんな楓ちゃんでも可愛《かわい》いし。

母校の次に来たのは、名前のない海沿いの道。

ただの道ではあるけど、僕らにとっては思い出深いただの道だ。

「昔みたいに飛び込んで泳ぐ？」

「水着持ってないよ。それに、まだ海開きしてないし寒いんじゃない？」

「私は服脱いだらほとんど水着みたいなものだからね～」

「それ下着でしょ⁉　ダメ！　絶対！」

「あはは～、冗談だよ～。想像した？」

「してないもん……」

神戸に引っ越してから沢山女の子と関わりを持って、こんなことで動揺するような僕じゃなかったのに。

やっぱり、いつまで経《た》っても僕は楓ちゃんにからかわれるみたいだ。

「さ〜、次の目的地に行くよ〜。ついてこいイッチー二等兵！」

「設定変わり過ぎじゃない？」

拾った木の棒を高らかに掲げながら歩く日和隊長の後ろを歩いていく。

歩く道の全てに懐かしさを感じるが、前方に見えた小さなお店には特に懐かしさを感じた。

看板に大きく『たばこ店』と書かれた、僕らが小学生の時毎日のように入り浸っていた店だ。

「二人で来るのは何年振りだろうね？　小学生の頃はほぼ毎日通ってたけど」

「中学生になってからは来る回数減ったよね〜」

僕らは別にたばこを買いに来ていたわけじゃない。その当時だとまだ子供だし。

「おばちゃん、私たちのこと憶《おぼ》えてるかな？」

「憶えてても、こんなに大きくなったらもうわからないよきっと」

ステンドグラス風のシールが貼られた扉をスライドすると、カラカラと音がする。ああ、あの頃のままだ。

扉の向こうには沢山の駄菓子が並んでいて、その一番奥には椅子に座って新聞を読んでいる人がいた。

「おばちゃんに声かけちゃおうかな」

「きっと誰だかわからなくて困惑するから、やめた方がいいよ」

「う〜、お話ししたかったのにな〜」

項垂《うなだ》れる楓ちゃんに苦笑して、入ってすぐのところに重ねてある小さめの買い物カゴを手に取る。

「イッチー、おやつは三〇〇円までだからね」

「バナナはおやつに含まれますか？」

「だめです。でも玉葱《たまねぎ》なら許します」

「淡路島ならではのルールだね……。というかそんなルールは僕が知る限りなかったけどなぁ……」

おやつは三〇〇円までと言いながら僕の持つ買い物カゴにどんどん駄菓子を放り込んでくる楓ちゃんは、ちらちらと横目におばちゃんを見ている。

昔から僕と楓ちゃんはずっとこの駄菓子屋さんでおばちゃんと話しながら駄菓子を食べていた。

僕らにとって、おばちゃんは実のお婆《ばあ》ちゃんのような存在だったんだ。

「そろそろ終わりかな～。イッチーは欲しいもの入れたの？」

「うん。楓ちゃんほどじゃないけどね」

「後で欲しいって言ってもあげないからね～？」

楓ちゃんがカゴをカウンターに置いて、話しかけてほしそうにおばちゃんを見ている。

仕方ない、少し工夫してみるか。

「七八〇円ね」

「あれ、楓ちゃん、おやつは三〇〇円までって言ってなかった？」

「え～、いいじゃん、もう大人なんだし」

「本当に、昔と変わらないね。小学生の頃と同じだ」

おばちゃんに聞こえるように、僕らが僕らであることをアピールする。

これで気付いてもらえないのなら、きっとおばちゃんはもう僕らのことを忘れているだろう。

お会計を済ませて、おばちゃんに背を向けようとした時だった。

「二人とも、大きくなったね」

よかった。おばちゃんは僕らを忘れてはいなかったんだ。

「忘れるもんかい、私たちのこと憶えてるの？」

「おばちゃん、入ってきた時から気付いてたよ。楓ちゃんは可愛くなってるし、縁司くんはかっこよくなったね。元気そうで安心したよ」

「わ〜！　おばちゃん久しぶり〜！　また会えて嬉しいよ〜！」

「こらこら、苦しいから放しておくれ」

「おばちゃんも、元気そうでよかったよ」

もう一〇年は経っているのに、おばちゃんは変わらない。毎朝のウォーキングと地元の名産である玉葱が若さの秘訣《ひけつ》だといつも言っていたな。玉葱ってそんな効果本当にあるんだろうか。

「二人は今大学生かい？」

「うんっ！」

「そうかいそうかい、で、今二人は付き合ってるの？」

おばちゃん、なにを急に……！

戸惑う僕と違って、楓ちゃんはヘラっと笑って答えた。

「付き合ってないよ〜」

そんな簡単に否定しちゃうんだ……。楓ちゃんらしいけど。

「そうかいそうかい、私が死ぬ前に二人の子供が見たかったんだけどね……」

「だめ！　おばちゃん死ぬとか言わないで〜。おばちゃんはずっとこの駄菓子屋さんをやっていかなきゃいけないんだからね？　私たちの子供がおやつ買いに来るから、その時はよろしくね？」

「ふっ、楓ちゃん!?」

「……？　どうしたのイッチー、そんなに慌てて」

「いやだって、僕らの子供って……！」

「あらら、動揺しちゃった〜？　イッチーはおこちゃまだな〜」

「もうっ！」

「本当に二人とも変わらないね〜」

楽しそうに笑う二人にからかわれるのも、昔と変わらない。

僕がからかわれるのは、この二人くらいだ。この二人以外にならら、からかう側なのにな……。

おばちゃんに手を振って僕らは次の目的地を目指す。

目的地が近づくほどに出汁《だし》の良い香りがしてくる。楓ちゃんと何度か来た、たこ焼き屋さんだ。

「お持ち帰りで買って、次の目的地で食べよ〜。おやつは奢《おご》ってもらったから、たこ焼きは私が奢るね」

「ありがとう、じゃあそうさせてもらうね」

楓ちゃんが中に入っていって、僕は外で待っていた。

暖簾《のれん》の向こうから楓ちゃんと誰かの楽しそうに話す声が聞こえてきて、また久しぶりの挨拶ができたんだとわかる。僕と違って楓ちゃんは高校生の頃もよく来ていたらしいし、気付いてもらえたんだろう。

たこ焼きといえばソースだけど、ソースではなく出汁で食べるたこ焼き、明石《あかし》焼きを持った楓ちゃんが店から出てきて、「行こっか〜」と前を歩きだした。

そろそろ、このデートも終わりに近づいている。

夕陽《ゆうひ》が沈み始めて、オレンジ色になった地元の景色を見ながら、僕らは黙って目的地に向かっていった。

「ここが、最後の目的地だよ」

楓ちゃんに案内されたのは、二回目になる母校だった。でも、一度目は正門前までで、中には入っていなくて。

「忍び込むなんて、僕ら不良だね」

「ちゃんと電話して許可とってるよ。どうしても、ここからやり直したかったから」

少し冷えた明石焼きを大きな一口で食べた楓ちゃんは、屋上の長椅子に座って夕陽を見ている。

部活も終わる時間で、野球部がグラウンドの整備をしている。平日なのに校内は人がほとんどいなくて、それもなんだか懐かしい。

僕らの知っている先生はまだ数人いると同級生からの情報で聞いたことがあるけれど、今日は会えるだろうか。

「あの時、ここで私とイッチーは一度終わった。でもまた会えて、翔くんのおかげで仲直りできて、……翔くんには頭が上がらないよ」

「……うん。そうだね」

「だからさ、私翔くんを応援したいんだ」

楓ちゃんは八つあった明石焼きの五つ目を口にして、ふにゃりと微笑《ほほえ》んで。……あれ、僕の分は？

「翔くんは、光ちゃんと心《しん》ちゃんで揺れてるんだよね？」

以前、僕は翔ちゃんの愚痴を楓ちゃんに聞いてもらった。

可愛《かわい》い女の子二人と関わっていて、二人ともイイ感じなのにいつまで経っても進展しない、と。

楓ちゃんとは面識がない初音さんのことも、話だけなら知っている。

「どうなんだろうね。僕も翔ちゃんの考えがよくわからないんだ。でも、あの二人を意識しているのは確実だと思う」

「最終的に翔くんがどっちを選ぶかはわからないけどさ、私とイッチーを再会させてくれた恩返しに、翔くんが後悔しない選択をできるように、お手伝いしてあげたいな」

「うん。僕もだよ。翔ちゃんが、楓ちゃんと再会できる前の僕みたいになるのは、嫌なんだ。だから、そうならないために僕は……」

「イッチーはいつも誰かのために頑張ってるよね。そういうところが翔くんと似てると思う。他のところは……、全然似てないけど」

「そうかな……？　でも、翔ちゃんは世話焼きだよね。あんな目付きなのに」

こんなことを言ったら、きっと翔ちゃんは怒るだろうな。

翔ちゃんは、暗い過去に囚《とら》われていた僕を救ってくれたヒーローだ。

だから、救ってもらった恩返しに、翔ちゃんが困っているのなら僕が手を差し伸べてあげたい。

「ねぇイッチー、翔くんのためにできることがあったら、私たちでできることなら、なんだってしてあげようね」

「そうだね。お節介だって言われても、やめてあげない」

「うんっ！　じゃあ、翔くんが後悔しない選択をできたら、恩返しが済んだら、その時は、──私たち、付き合おうよ」

「うん、そうだね。………え？」

「聞こえなかった？　それとも、聞こえないフリ？」

「き、聞こえたよ？　本当に、いいの？」

「うん。だって私、再会する前からイッチーのこと大好きだもん。でも、翔くんへの恩返しが済んだらにしよう？　翔くんが私たちを繋《つな》いでくれたんだから、私たちだけ先にっていうのは、恩知らずかなって」

夕陽を背に立ち上がった楓ちゃんは、いつの間にか一つ残らず食べきった明石焼きの入っていた紙パックを袋に入れて両腕を大きく伸ばす。

僕の分が一つもなかったことが気にならないくらいに今の僕は戸惑っている。

一〇年以上想《おも》い続けた初恋の相手と付き合えるチャンスが、もうすぐそこまで来ているんだ。

これは、のんびりしていられないな。でも、急《せ》かして翔ちゃんに後悔する選択をしてほしくもない。困ったな……。

「じゃあ、そろそろ帰ろっか〜。って、イッチー顔赤いね？　照れた？」

「夕陽のせいだよ……」

「ふふ〜っ、言い訳だ〜」

そうやって僕をからかってくる楓ちゃんの顔だって、夕陽を背にして陰になっているのに、いつもより赤くなっているように感じた。

ドキドキシークレットドライブウォーキングデートだったか、そんな感じの名前のデートが終わって、レンタカーを返した後、楓ちゃんを家まで送った。翔ちゃんと同じアパートに帰ってくるころには、夜の九時になろうとしていた。

「あれ、縁司じゃん。課題ちゃんと終わったのか？」

「翔ちゃん、おかえり。終わったよ、ちょうど今帰ってきたところ」

「そうか、よかったな、お疲れ」

本当は課題なんてやってなかったんだけどね。

翔ちゃんのために課題があるフリをしてあげていたんだ、感謝してほしい。能ある鷹《たか》は爪を隠す、ってね。

「どうだった？　初音さん家《ち》での夕食会」

「楽しかったよ。バターチキンカレーだったんだけど、めっちゃ美味《うま》かった」

「羨ましいな〜、僕も食べたかったよ……」

「また来てほしいって言ってたし、今度は来いよ。その時は課題終わらせとけよ？」

「ははっ、頑張る理由ができちゃったね」

二人で階段をのぼりながら笑い合う。

喧嘩《けんか》した時はどうなることかと思ったけれど、またこうして話せるようになって本当によかった。

そうなれたのは、翔ちゃんが諦めずに僕に踏み込んでくれたから。だから、その恩返しをするんだ。

「翔ちゃんは、光ちゃんと、初音さんと、どうなりたいの？」

唐突に投げられて、困惑している。目線は階段に落としたまま、落ち着いているように取り繕った声音で。

「どうって、なにがだよ」

「わかるでしょ。二人とこれから、どうなっていきたいの？　恋人？　友達？　それとも、ずっとこのままでいいと、本気で思ってるの？」

僕の部屋がある二階に着いて、いつもならここで別れるけれど、階段をのぼらずに立ち止まった翔ちゃんは、俯《うつむ》いたままで。

「どうって、別に俺は……。それにあの二人だって、俺とどうなろうとかそんなこと思ってないだろ……。光は偶然再会して、それから会うことが増えて、心さんは人見知りを克服するために手伝ってるだけだし……」

まだ、そんなことを言っているのか。

そうやって、誰も傷つかないように決断しないつもりなのか。

捨てられない関係を惜しんで、問題を先送りにして、これ以上二人に辛《つら》い思いをさせるのか。

もう、二人の気持ちを見て見ぬふりなんてできないんだよ、翔ちゃん。

俯く翔ちゃんの顔が、本人も選択の先にある未来に苦しんでいるように見えた。そんな顔を見ていられなくて、僕は自分の部屋に入ろうと扉を開けた。

閉まっていく扉の向こうに見える親友の辛そうな表情を見て、口を出しすぎるのも良くないとはわかっていたけれど、言わずにはいられなかった。

「——いつまでも『わからない』で逃げちゃダメだよ」

三話　大切な人はいなくなってからその大切さに気付く。

──いつまでも『わからない』で逃げちゃダメだよ。

縁司《えんじ》に言われたことに、反論できなかった。

何も言えなかったのは、それが正論だと自覚しているからなのか。

これは、逃げているということなのか。

俺は、光《ひかり》のことを、心《しん》さんのことを、どう思っているんだ。

光とマッチングアプリで再会できた時、正直嬉《うれ》しかった。でもそれは、光のことを今でも好きだからじゃない。

約一年前、光のことをまだ好きだったのに、くだらない意地を張ったせいで別れることになって。

どうせ明日には、どうせ来週には、どうせ来月には仲直りできる。

そう、いつもの喧嘩と変わらない。そう思い込んで解決を先送りにしたせいで、本当に別れることになって。

俺の勝手な想像だが、光だって最初は別れるつもりなんてなかったと思う。

俺たちはいつもそうやってくだらない喧嘩をするたびに、高校時代のクラスメイトに「はいはい、また喧嘩ね」と宥《なだ》められて、自然と仲直りできていた。でも、高校を卒業してから、俺たちを宥めてくれる人がいなくなってしまって。

本心では、喧嘩をした日の夜から既に謝るべきだとわかっていた。わかっていたのに、アイツが謝るまで許さない、俺からは謝ってやらないって、強情になって。

別れてからの一年で、何度も後悔した。

あの時、あんなことを言わなければよかった、すぐに謝ればよかった、意地を張るんじゃなかった。

でも、大抵こういうのはそう思った頃にはもう遅い。

新しい彼氏できたよな、光モテるし。

彼氏ができてなくても、数か月前に別れた彼氏から連絡が来てもキモイよな。

そうやって恐れて、踏み込めなくて、気付いた時には灰色の景色を見ながらだらだらと人生を生きていた。

そんな時に、コネクトで光に再会した。

あの時の胸の高鳴りは、今でも憶《おぼ》えている。でも、やり直したいとは思わなかった。

ただ、今の光は誰と、どこで、どんな気持ちで、どんなことをしているのか、まだよく食べるのか、相変わらず料理は下手なのか、俺が好きだったところは今でも残っているのか、――俺と別れてから新しい恋人はできたのか。

いくらずっと好きだった相手だとしても、長い期間会っていなかったら気持ちは離れてしまうものだ。

俺だって忘れられずにいたけれど、『好き』とは違った。

元気にしているかな、危ない男に捕まってないかな、勉強はついていけているのかな、そうやって、心配することはあった。家族のような、一番お互いを知っているのに、もう交わることのない一番遠い関係。

これは、好きってことなのかな。

光と再会してから、心なしか自分がイキイキしているように感じた。別れてからの灰色とは違う、色のある人生だった。

そんな時に出会ったのが、今目の前で食堂名物のカツカレーを食べようとしている心さんだ。

「今日は、一ノ瀬《いちのせ》くん来ないんですか？」

「今日は出る授業ないみたいです。だから、二人ですね」

「二人……。ふふっ……なんだか、久しぶりで嬉しいです」

顔の前で手を合わせた心さんは、頬《ほお》を赤くして微笑《ほほえ》む。

こういうところもだけど、心さんは全てにおいて可愛《かわい》い。

きっと俺は、高校で光という人生で一番好きになった人がいなければ、とっくに心さんに惚《ほ》れていただろう。

今だって、正直自覚していないだけで惚れているかもしれない。

俺は、曖昧な奴《やつ》だ。

縁司の言った通りで、いつまでも自分の気持ちがわからないって、逃げているだけじゃないか。

もしも、俺が光を好きだとして、もしも、俺が心さんを好きだとして、俺がどちらかに気持ちを伝えたら、今の二人との関係は変わってしまうだろう。

光と付き合えば、こうして二人きりで心さんと過ごすのもどうかと思うし、心さんと付き合えばせっかく光と再会できたのにもう会うことはなくなると思う。

再会してからの俺は、なんだかんだと口実を作って、言い訳しながら会ってもらっているに過ぎないんだから。

それに、フラれたら今までみたいな関係はもちろん崩れてしまうだろう。

二人が気にしないとしても、俺はフラれた相手と一緒に居られるほどメンタルが強い自信はない。

せっかく心さんに光という仲の良い友達ができたのに、俺のせいで二人の関係を気まずくさせるのだって嫌だ。

結局のところ、俺は現状を変える勇気がないだけなんだ。本当は、自分の気持ちにも気付いているんじゃないか。

「心さん、午後の授業ってありますか？」

「えっと……、一応ありますけど、別に出なくてもまったく問題ない授業ですね」

「そう、ですか」

「……？　翔《しょう》くん？」

——いつまでも『わからない』で逃げちゃダメだよ。

わかってるよ。

俺だって、ずっとこのままは嫌なんだ。

ずっとこんな曖昧な男でありたくない。

だったら、行動を起こさなくちゃいけないだろう。心さんは友達を作るために沢山行動してきたんだ。

多分、あの漫画は心さんの実話だ。つまり、心さんは暗い自分を変えようとして、実際に変わったということだ。

今の心さんはこの大学で誰よりも輝いている。アイドルと並んだって、違和感はない。むしろセンターで華麗《かれい》に踊ってみせるだろう。

心さんは、行動したから変わった。

縁司だって、辛い過去から一歩踏み出した。本当に求めるものを手に入れるために、過去と向き合ったんだ。

俺はそんな縁司の背中を押しておいて、自分は後ろから見ているだけなのか。

縁司も、行動したから変わった。

だったら、俺が変わるには行動しなければならない。

俺は、二人をどう思っているのか、二人は俺のことをどう思っているのか、それをはっきりさせるために行動するんだ。

「心さん、よかったらなんですけど」

「……？」

「俺と今からデートしませんか？」

口が開いたままの心さんは、徐々に体がカタカタと震え始めて。

「ひゃひゃひゃひゃひゃっ……!!　でででででで……!!」

「心さん、落ち着いて！」

飲み物を渡そうとして、今渡せるのが俺の持っていたペットボトルの水しかないことに気付く。

間接キスになってしまうが、そんなことを言っている場合じゃない。ぶっ壊れた心さんを元に戻さないと。

「心さん、水……！」

「ありりりりりっ……!!」

水を見て、更に震えが増す。

蓋を開けて手渡すと、震えているせいでどんどん水が零《こぼ》れていく。震えすぎてまともに飲めていない。

とりあえず背中を摩《さす》ってやると、なぜかまた震えが増した。全てが逆効果だ。

「心さん、呼吸呼吸！」

息を忘れていたから声をかけると、机にもたれる形で倒れてしまう。今度は過呼吸になっている。

「すすすすす……！」

壊れた心さんが落ち着くまで、一〇分ほどかかった。


「落ち着きました？」

「は、はい……。お見苦しいところをお見せしました……」

「いえいえ。無事でよかったです」

「翔くんからデートに誘ってもらえたことが、嬉しくて……にしても激しすぎた。

心さんは少し額に汗を浮かべていて、せっかくの可愛いアイドル前髪が濡《ぬ》れてしまっている。

それでもサマになってしまっているのが、さすがは大学のアイドルというところだ。さすがはプロアイドル。……違うか。

「それで、デートには来てくれますか？」

「もっ、もちろんでしゅ！　私なんかでよければ、是非行かせていただきましゅ！」

「よかった……。提案しておいてあれなんですけど、どこか行きたいところあったりしますか？」

かなり無計画に走り出してしまったから、行き先については一切考えていなかった。きっと心さんとなら、どこに行っても楽しいだろうから、というのもあるけど。

「私、あります……！　翔くんと行きたい場所……！」

心さんの激しい動揺があって食べ損ねていたカツカレーは冷めていた。

そんな冷えたカツカレーを食べきってから、俺たちは心さんの行きたい場所に向かった。

三ノ宮《さんのみや》駅から、徒歩二〇分ほど。

以前心さんと来たことのあるメリケンパークの近くにある、最近できたばかりの水族館、アクア。

建物を外から見る限り、あまり水族館には見えないコンクリートの外壁。実はお洒落《しゃれ》な建築物なんかを見るのが好きな俺は、興奮させられている。

「ここ、最近できたところですよね」

「はい……！　光ちゃんに聞いて、調べてみたら凄《すご》く綺麗《きれい》で。是非翔くんと来てみたかったんです……！」

「へ〜、光が水族館に興味あったんですね」

光が水族館に……、意外だ。

付き合ってる頃は水族館に行っても「この魚どんな味なんだろうね」とか残酷なことばかり言っていたのに。

「いえ、光ちゃんが行きたいって言ってたわけじゃなくて、翔くんを誘ってみたらって勧めてくれたんです」

「光が、俺たちに……？」

「はいっ！　私が翔くんと行ってみたいって言ったら、『私が誘ってあげようか？』って言ってくれて。でも、自分で誘えるように頑張るねって……」

光が、そんなことを言ったのか。

やっぱり、光は俺のことを異性としては見ていないんだな。もう、ただの元カレとしか……。

「翔くん……？」

「あっ、すみません。チケット買いましょうか」

「はいっ！」

入り口は長い階段の先にあって、一階にはカフェやアクアのグッズ売り場なんかがあるらしい。

二階にのぼると受付があって、そこでチケットを買って入場した。

フロアマップを入り口でもらって、それを見ながら進んでいくことにした。

マップによると最初ははじまりの洞窟という場所があり、部屋中が鏡張りになっていて、カラフルな照明が乱反射することで幻想的な景色が広がっている。まるで、水槽の中にいるみたいだ。

この水族館は、水族館ではあるがアクアリウムだけでなく、この部屋のような幻想的空間を多く鑑賞できて、色とりどりなアートを楽しめる場所になっている。……と、フロアマップにそう書いてある。

「どこを見ても綺麗ですね」

「しょ、翔くん……！」

「……？」

声をかけられて振り向くと、俺の視線からは少し低い高さで、白いワンピースの上から薄い青のカーディガンを着ている萌《も》え袖状態の心さんが、両手で持ったスマホで目より下を隠しながら。

「この鏡で、写真撮りませんか……？」

周囲にはカップルが沢山いて、多くのカップルがこの部屋中にある鏡の反射を利用して

ツーショットを撮っていた。

思い返せば、心さんとツーショットを撮ったことはあっただろうか……？

記憶を辿《たど》っても見つからない。お互いを撮り合うことはあったが、二人が写っている写真はなかったと思う。

「いいですね、撮りましょう」

色彩で溢《あふ》れる鏡の洞窟で、並んで写真を撮る。暗くて、今心さんがどんな顔をしているのかよくわからない。

でも、写真を撮った後微《かす》かに聞きとれた笑い声で、どうやら喜んでいるということはわかった。

「ふふっ、……宝物です」

鏡の洞窟を抜け出して進んだ先には、樹海の森が待っていた。

今のところ水族館感がないが、これはこれで楽しめる。部屋が変わる度に、まるで全く別の建物の中にいるようだ。

人工的に作り出されている部屋なのに、まるで本当に自然に囲まれているみたいに感じて、木漏れ日なんかもある。

「あっ翔くん、こっち淡水魚がいますよ」

「本当だ。心さん魚詳しいんですか？」

「いえ、少女漫画で学んだ程度です」

「へ〜」

少女漫画凄いな。でも水族館はデートスポットとしては定番だし、たしかによく出てきそうではある。

二階の鑑賞も終わって、三階にのぼるとアクアの目玉とも言える場所がある。それは三階の奥にあるが、その手前にある場所もなかなか凄いと聞いた。

「翔くん、楽しそうです」

「えっ、ははっ、そうですね。楽しいです」

いつの間にか口角が上がっていた。

子供の頃は美術鑑賞なんてまったく感動することはなかったのに、俺も大人になってきたのかな。

「凄い、足下に魚が泳いでます！」

「ふふっ、翔くん子供みたいです」

やっぱりまだまだ子供だったみたいだ。

この部屋は和空間といった印象で、一〇円玉に描かれている平等院鳳凰堂《びょうどういんほうおうどう》の中に入ったみたいだ。実物は見たことないけど。

壁は液晶になっていて、幻想的な映像が流れている。魅せられて、隣に心さんがいることを忘れてしまうほどに意識を吸い込まれていく。

まるで夢のような景色だ。

「翔くん、夢中ですね」

「ごめんなさい、つい……」

「いえ、翔くん可愛《かわい》いです」

「やめてください、恥ずかしいです……」

可愛いなんて初めて言われたかも。めっちゃ恥ずかしいな。

「ふふっ、ごめんなさい」

なんだか、心さんが俺をからかって遊んでいるように見えた。そんな小悪魔な心さんも、ギャップがあって素敵だけど。

「ついに来ましたね」

「はい。私ずっとこれを見たかったんです」

心さんが釘付《くぎづ》けになっているのは、大きな球体の水槽。

まるで地球のようなその水槽の前で、照明に照らされた心さんの横顔があまりにも綺麗《きれい》だったから、つい写真を撮ってしまった。

「はっ、恥ずかしいです……」

恥じることなんてない。

整った顔立ちと幻想的な空間が組み合わさったことで、心さんが今アクアで一番の見所になっている。……って、なんか今の俺キモイな。

「そ、その写真送ってもらってもいいですか？　天《そら》もここに来たがってたので、綺麗だったよって教えてあげたくて……」

「もちろん。でも、きっとアイツ『誰と行ったの⁉』って怒ると思います」

苦笑気味に言うと、心さんがペコリと頭を下げて。

「本当に、この前は妹が失礼な態度をとってすみませんでした」

「いえ、悪いのは俺ですから」

実際、田中《たなか》の言っていることは間違っていない。

大好きな姉がマッチングアプリで知り合った男がどんな男なのか、変な男じゃないだろうかって、こんなに可愛くて世間知らずな心さんだから、余計に心配になるのもわかる。

それに、その相手が自分の気持ちもはっきりわかっていないような半端な奴《やつ》なんだから尚更《なおさら》だ。

一緒に行った相手が俺だと知れば、きっとアイツまた俺に噛《か》みつくだろうな……。

「翔くんも撮ってあげます。水槽の前に立ってください」

「いや、俺はいいですよ。恥ずかしいし」

そう言うと残念そうな顔になった心さんが、なんだか欲しいものをねだる子供に見えて。

そんな顔されたら……。

「やっぱり、撮ってもらおうかな……」

「……！　はいっ！　任せてください！」

なんで俺の写真を撮るだけでそんなに嬉《うれ》しそうにするんだよ。可愛すぎるだろ。

「翔くん、無表情で棒立ちは……」

「えっと……、どんな顔してどんなポーズすればいいんですか……？」

私に聞かれても……みたいな顔で困っている。小動物感が凄《すご》い。

「笑顔と……ピース？」

「笑顔とピース……」

笑顔は苦手だった。

昔から不愛想な自覚はあって、他人からも言われることで俺は笑うようなキャラじゃないんだって、そう思うと余計に笑いづらくて。

「おっ、おばちゃんが池に、おーバッチャン！」

「心さん……？」

心さんの唐突なダジャレに困惑してしまう。なんで、このタイミングで？

「私が、笑わせてあげるべきなのかなって思って……」

本当に、心さんは良い子だな。一緒にいると自然と笑みがこぼれてしまう。ずっとこの時間が続けばいい、そう思える。

これが、好きってことなのかな。

「ははっ、あははははっ」

「翔くん笑った！」

「だって、心さんのダジャレがくだらなくて……！　はははっ」

心さんは頬《ほお》を膨らましながら俺に近づいてきて、スマホの画面を向けた。そこには、腹を抱えて楽しそうに笑う俺の姿が映っていて。

俺、心さんと居る時はこんなに楽しそうに笑っているんだな。

「くだらないなんてひどいですよっ！　私が一番好きなダジャレなのに！」

「好きなダジャレとか普通ないですよっ、ははははっ」

「ふふっ、あはははっ」

俺に釣られたのか、心さんも笑いだして。

しばらく笑い合った後に、俺の写真を見た心さんは、幸せそうに微笑《ほほえ》んだ。


「水族館、楽しかったですね」

「はいっ！　天にも楽しかったって伝えておきます！」

「多分、田中は心さんと一緒に行きたがると思いますよ。誘ってあげてください」

「ふふっ、翔くんは天のことよくわかってるんですね。……はい、そうしますっ」

次に行く場所は特に決めていないけど、なんとなく駅の方に歩いていた。そこで、光の働いているスタベが見えてきて。

「光ちゃん、いるのかな……」

「ちょっと覗《のぞ》いてみますか？」

「はいっ！」

満面の笑みで頷《うなず》いた心さんは、初めてスタベに入った頃のような緊張している様子は一切感じさせなくて、俺を置いていくぐらいの勢いでずんずん進んでいった。本当に、変わったな。

前は、私なんかがスタベに入るなんて、みたいな感じだったのに。

そんな恥ずかしさよりも、光に会えるかもしれない嬉しさが勝ったのだろうか。あの二人、最近知り合ったのにめっちゃ仲良くなってるし。

レジには長蛇の列ができていて、カウンターの向こうに光がいるのかどうかがわからない。

今日は平日だから、居るとしても大学が終わってからの出勤になるだろう。今は一七時過ぎで、居てもおかしくない時間だ。

「あれ、翔?」

「おっ、いた」

探していた相手が、後ろから声をかけてきて。

「なに、アンタもしかして私のこと見に来たの?」

悪戯《いたずら》に笑う光は、その発言の後で俺の前にいた心さんにも気付いて、表情が一変した。

なんというか、目がハートになったような……。

「心ちゃんっ！」

「光ちゃん……！」

光が心さんに駆け寄って、その手を握って左右に揺らしながら軽く跳ねている。お前ら久しぶりに会った遠距離カップルか。

「光、今からバイトか？」

「ううん、学校帰りにシフト提出しにきただけ。二人は……あっ、デートか」

「で、デート……だよ」

心さん、照れながらデートって言って、俺を見るのやめてもらっていいですか。養いたくなるんで。

「どこ行ってきたの？」

「光ちゃんが教えてくれた水族館だよ。ありがとう、楽しかったよ」

「そっか〜、良かった！　……うん、良かった良かった」

「光、今から帰るのか？」

「その予定」

俺は、行動すると決めた。

だから心さんをデートに誘って自分の気持ちを確かめようとした。

実際、俺が心さんに懐《いだ》いている気持ちはなんとなく摑《つか》めてきた気がする。まだ、はっきりしたわけじゃないけど。

だったら、次は……。

「じゃあさ――」

これから心さんと三人で、夕食でも。そう言おうとしたのに、それより先に光が俺を遮るように。

「二人はこれからご飯食べに行くんだよね！　楽しんでね！　じゃっ！」

手のひらをこちらに向けて背中を見せた光が離れていく。……なんだ、この違和感。いつもの光と、どこか違う。

いつもの光と、どこが違うんだ。違和感の正体はなんだ。

「待って光ちゃん！」

心さんに呼び止められて、振り返った光。

「光ちゃんも一緒に行こう？　翔くん、いいですよね？」

「えっ、はい。もちろん。行こうぜ光」

違和感の原因は、光らしくないという曖昧な理由だ。

いつもの光なら、ご飯を食べに行くというイベントを前にして帰るという選択肢を取ることはほぼない。

それに、ここにいるのは俺だけじゃない。光が大好きな心さんがいる。

心さんと一緒にご飯に行く。光なら来ない方がおかしい。

「……うん。じゃあ、行こっか……」

なんで、そんな申し訳なさそうな顔してるんだよ。

俺も心さんも、お前を邪魔者だなんて思わないのに。


「今日は、ごめんね」

「……なにが？」

偶然近くに車で親が来ているらしいからと、心さんとはご飯を食べた後に別れた。

俺たちは二人で駅に向かっていて、その道中に光が俯《うつむ》きながら言った。

「二人で行きたかったでしょ？　私、邪魔しちゃったかなって」

「なにらしくないこと言ってんだよ。俺は光が来てくれた方が良かったけどな。……あっ、そのっ、あれだぞ、俺がどうしても来てほしかったとか、そんなんじゃなくて、光が一緒でも嫌がるなんてことはないってことで……！　ほら、心さんだって来てほしいって言ってたし！」

「そうね、ごめん。なんかネガティブになって」

「いや別にいいんだけどさ……」

光の奴、なにか嫌なことでもあったんだろうか。やっぱりどう見ても今日の光は、様子がおかしい。

縁司と喧嘩《けんか》した時には俺のことを励ましてくれたし、長い付き合いだから、光が落ち込んでいるなら何か力になってやりたい。

光が落ち込むなんて、結構珍しいし、よっぽどのことがあったんだろう。

まだ二〇時。終電までは四時間ほど猶予がある。

「光、ちょっとついてきてほしいところあるんだけど」

「……？　どこに？」

「黙ってついてこいよ。そんなに時間はかからないから」

光を引き連れて向かうのは、以前心さんとアイススケートする時にも乗ったポートライナーで三宮《さんのみや》から三駅先にある中公園《なかこうえん》駅。そこから一〇分ほど歩けば、ポーアイ北公園という公園に着く。

光は向かう途中、一切話さずにただ俺の後ろをついてきた。

「この時間、ここから見るのが一番綺麗《きれい》なんだ。人もほとんどいないしな」

「……」

赤くて大きな橋が、ライトアップされている。周囲には誰もいなくて、波の心地いい音が聞こえてくる。

俺は、この場所が好きだ。

昔から、俺が悩んでいると爺《じい》ちゃんが連れてきてくれた。ここに来るとなんか全部どうでもいいや、気にしても仕方ないって、そう思えるから。

光が、何かに悩んでいるなら。

「うん、綺麗。……ありがとう」

「別に、俺が来たかっただけだよ。一人で来るのはなんか寂しいなって思っただけだ」

「嘘《うそ》下手すぎ。元気づけようとしてくれたんでしょ？」

「ちげーよ、自惚《うぬぼ》れんな」

「はいはい、照れ隠しね」

よかった、少しは元気になってくれたようだ。でも、光の元気がなかった理由はなんだったんだろうか。

「光、なんで元気なかったんだ？」

「……別に。偶《たま》にはあるでしょ、そういう時」

偶にはある……、それはそうだけど、光にしては珍しいし、三年以上付き合っていたのに見たことがない落ち込み方だったから。

「光……」

「さっ、帰ろっ。終電なくなっちゃうよ」

終電にはまだまだ時間があるのに、光は俺の言葉を拒むように足早に来たばかりの駅に向かっていった。

今度は俺がその背中を黙って追いかけて、電車の中でも俺たちは肩の当たる距離で座っていたのに、会話は一切なくて。

「じゃあね、私大阪方面だから」

JR三ノ宮《さんのみや》駅、改札を通った先で乗り場が分かれている。

光とは逆方向だから、ここでお別れだ。でも、なんだかこのまま別れてはいけない気がした。

それに、俺の気持ちの確認だって、済んでいない。

「光」

「……？」

「なんかあったら言えよ。俺でよければ、いつでも聞くからさ」

「うん、ありがと」

光は微笑んでいる。でも、どうしてか悲しそうに見えた。

三年以上も付き合っていたのに、こんな時に光が何に悩んでいるのかもわからないなんて、俺は人の気持ちがわからない冷たい人間だ。

なにか、力になってやりたい。だって、光が悲しそうにしていると、俺まで悲しくなってくるんだ。

「じゃあね」

そう言って、俺に背中を向けた光が離れていく後ろ姿が、別れたあの時の後ろ姿と重なって見えた。

四話　印象最悪な人ほどギャップを感じたとき魅力的に見える。

いつものように食堂に来ると、大勢の生徒が席の取り合いをしているというのに、不自然なくらい誰も近づかない空間があった。

その空間の中心には、清楚《せいそ》な服装に黒髪ロングで男の理想と言っても過言ではない美少女が座っている。

更に、最近そこにはもう一人目立つ男が増えた。それからというもの俺たちを遠目に見ている人たちの男女比が変わった。

前に食堂で話している女子たちの会話が聞こえてきたことがある。一ノ瀬《いちのせ》くんはこの大学で間違いなく一番のイケメンだよね、と。

そんな大学一のイケメンと、大学一の美少女が座る空間。だから、誰も恐れ多くて近づけない。

以前まではこの空間をココロウォール、別名聖域と名付けていたが、心《しん》さんとまではいかないまでも縁司《えんじ》もこの聖域を作っている一人だ。

今ではもうココロウォール、とは言えない。………爆イケウォール、とかいいかも。

「あっ、翔《しょう》ちゃんこっちこっちー！」

わざわざ呼ばなくても目立つから気付いてるのに、縁司は犬が尻尾を振るように右手を高く伸ばしてブンブン振っている。その正面に座っていた心さんは、俺の方に振り向いて小さく右手を振った。

「こんにちは、心さん」

「こんにちは、翔くん」

「だから僕は？　あれ？　もしかして僕いないことになってる？」

「ああ、縁司いたのか」

「絶対気付いてるでしょ！　もうっ！」

「ははは、悪い」

縁司はカツカレー、心さんは肉うどん、そして俺の手にはオムライス。

さすがに毎日食ってると飽きるが、俺は大体オムライスだ。心さんはカツカレーとオムライスをいったりきたり、だったはずだけど。

「心さん、肉うどん珍しいですね」

「昨日帰ってから光《ひかり》ちゃんと長電話していたんですけど、電話中に光ちゃんが肉うどんを食べてて……、食べたくなっちゃいましたっ」

イケないことをしたみたいに後頭部に手を当てた心さん。

イケなくないです。イケないことをしているのは晩飯食ったのに帰ってからまた食ってる光です。

「初音《はつね》さん、光ちゃんと電話とかするんだ。本当に仲良いね」

「はい。こんなに仲良くしてもらって、嬉《うれ》しいです。翔くん、ありがとうございます」

「え、なんで俺……？」

「翔くんが紹介してくれなかったら、こんなに気の合うお友達はできなかったでしょうから」

そんなことはない。俺と出会ったばかりの心さんと比べれば、今の心さんは本当に変わった。

電話なんてきっと家族以外とできなかっただろうし、二人で遊びに行ってもまともに話せなかっただろう。

全部、心さんの努力の賜物《たまもの》なのに。

「光ちゃんと仲良くなれて、最近特に感じるんです。私、翔くんと出会えなかったらきっと今もお友達がいなくて、この先もずっと一人だったんだろうなって」

「そんなことないですよ。心さんは俺と出会ったからでなく、努力して変わったんですから。俺や光以外とも、きっと仲良くなれるはずです」

心さんが俯《うつむ》きがちに、頬《ほお》を赤くして。

「私が変わろうと思えたのは、翔くんがきっかけですよ？」

言われて、あの漫画を思い出す。

心さんがモデルになったと思われる主人公の女の子は、大学の入試と入学式で、一人の男の子に出会った。その男の子に似合うような自分になりたくて、主人公は変わることを決意して——。

「私は、心から翔くんに感謝しています」

「あの……、照れるんで……」

「ごっ、ごめんなさい……」

「あの～、僕いない方がいいですか～？」

二人して赤くなっているところに、ジト目の縁司が呆《あき》れたように言った。

俺が心さんにとってそんな存在になれているのなら、嬉しいことだ。

「ついでに言っておくと、僕もだからね」

「……？　なにが？」

「話の流れでわかるでしょ……」

「いや、わかんねぇよ」

「はぁ、鈍感主人公かよ翔ちゃん」

縁司はため息を吐《つ》いてから、隣に座っている俺の肩に手を置いた。

「僕も翔ちゃんのおかげで変われた。感謝してるよ。ってこと」

「きもちわるっ」

「はぁっ!? なんで初音さんには照れたのに僕の時は引いてるの!?」

「はははっ、冗談だって。……それなら良かったよ」

こうして正面から褒められると、照れてしまうから。照れているのがバレないように、冗談を言って誤魔化《ごまか》すことになる。

口にはなかなか出せないけれど、俺だって縁司には感謝しているんだ。こんな不愛想な俺を友達だって言ってくれて、いつも一緒に居てくれる。

俺は、周りの人間に恵まれすぎている。

……俺を一番理解してくれている、光にだって。

「そういえば心さん、光とはなんの話をしてたんですか？」

「えっと、他愛《たわい》ない会話でしたよ？　私の弟が隣で漫画を読んでいたので、何歳なの？とか……」

「翔ちゃん、女の子が電話で話すことって言ったら、恋バナでしょ。それくらい聞かなくても察しなよ」

やれやれとでも言いたげな表情でカツカレーを一口。腹立つな。後で目を離した隙にカツ一切れ奪っておこう。

「恋バナ、……しましたよ」

「それは、初音さんの？　光ちゃんの？」

「私です……」

「あらあら、それは気になるね。ねっ、翔ちゃん？」

「ま、まぁ……」

心さんの恋バナ、正直めっちゃ気になる。恋バナになるってことは、つまり相手がいるってことか？

「具体的にどんな話したの？」

「どっ、どんなことにきゅんとするのかとか……、何フェチなのかとか……、彼氏にしたい見た目の芸能人とか……」

「心さんは、なんて答えたんですか？」

「きゅんとする瞬間は、階段を降りる時に手を差し出された時で……」

お姫様扱いか。心さんらしいな。

「フェチは……な、内緒で……」

「じゃあ代わりに僕が匂いフェチだと晒《さら》しておくよ」

「お前のは興味ねぇよ。つーか楓《ふう》さんはアルコールの匂いだろ」

因《ちな》みに俺は声フェチだ。いやいや、そんなことどうだっていい。

「芸能人は……？」

「私、あんまり見た目の好みがないみたいで……。恋愛ドラマや恋愛映画で主役になった方をかっこいいなって感じるんです。多分見た目じゃなくて、主役の女の子に感情移入するから、その相手をかっこいいって感じているんだと思います……」

「つまり、見た目よりもその人と出会ってからの過程で好きになるってことだね」

「はい……」

頷《うなず》いた心さんが、上目遣いで俺を見つめた。

なんで、このタイミングで見るんですか。そういうことするから誰も近づけないくらい輝いて知らないうちにファン増やしてるんですよ。まじで勘弁してもらえますか。

「あ、でも光ちゃんが『私だけ言ったのにずるい』って言うので、なんとなくかっこいいと思う顔をイラストにしたんです」

心さんは、スマホでそのイラストを見ているのだろう。でもこちらに向けようとはしない。

「で、でも……」

「『気になる』」

「見られるのは、恥ずかしいです……」

「まあ、見せたくないなら仕方ないですね……」

「えー！　僕見たいよ！　僕は初音さんの漫画読んでないし、どんな絵描くのか知らないもん！」

「心さんの家に来られなかったのは課題を後回しにしてたお前が悪い」

「ぶーっ、ケチー」

「一ノ瀬くんなら、少しだけ……」

「やったー！」

「え、俺は……」

「翔くんは、ダメです……」

なんで、俺だけ。

縁司の奴《やつ》、いつの間に俺より心さんと仲良くなったんだよ。妬ましい。

確かに縁司はイケメンだし、俺なんかよりよっぽど女慣れしている。でも、初めての友達としては悔しい。……心さんを奪われるみたいで。

別に、俺の彼女でもないのにな。

「あっ、なるほど」

心さんのイラストを見て、縁司は納得したように頷いた。それから、俺の顔を見て。

「確かにこれは、翔ちゃんには見せられないね？」

「は、はい……」

「……？」

よくわからないけれど、二人は顔を合わせて苦笑した。

「ちなみに、光は恋バナでなにか話していたんですか？」

「いえ、ずっと私に聞いてきて、光ちゃんは好きな顔の芸能人くらいしか……」

「光は、誰って？」

「確か……、ジョニーズの川井《かわい》くんって言ってました」

ジョニーズは国民的男性アイドル事務所のことで、川井くんとはその事務所に所属するアイドルの一人だ。

ほとんどテレビを観《み》ない俺でもその名前を知っている。それほど今をときめくスーパーアイドルだから。

川井くんは俺たちの一つ年下で、今年二〇歳になる。

まるで女の子みたいに可愛《かわい》い顔をしていて、かっこいいというより国民の可愛い弟、みたいな売り方をしている。

光は昔、俺の実家で一緒にテレビを観ていた時に出てきた川井くんを見て、『私は可愛いよりかっこいいの方が良いなー』と言っていた記憶がある。

別れてからの一年ちょっとで好きなタイプが変わったのだろうか。でも、一八〇度くらい正反対の好みだ。俺と縁司くらい違う。

それほど大きく変わるものだろうか。

「光ちゃんは、川井くんみたいな可愛いタイプ苦手だと思ってたよ。川井くんって、性格も顔も僕と結構似てるでしょ？　光ちゃんは僕のこと、多分異性として全く興味ないだろうし」

「自分で国民的アイドルと似てるとか言えるのがすげぇよ……」

つまりは自分がイケメンだと認めてるじゃん……。そういうところ流石《さすが》だよ縁司。

「翔ちゃんだってイケメンじゃない？　正統派って感じはしないけど」

「え、そうなの。俺ってイケメンなの」

「翔くんは……、かっこいいと思います……」

「そ、そうですか……？　ま、まあこの世界は二種類の男に分けられますからね。俺か、俺以外か……、なんちゃって……」

「やるなら振り切って自信満々でやりなよ、ショーランド」

「うるせぇ、照れるだろ……！」

間違いなく、付き合っている時光の好みは川井くんじゃなかった。でも、今は川井くんみたいな可愛い男が好きなのか。

そうなった原因は、やっぱり俺なんだろうか。不愛想な男はもう懲り懲りだって、愛想の良い縁司みたいな男が好みになった。でも、前に光は俺と縁司を前にして、俺を選んでくれた。

一括《ひとくく》りに好みと言っても、やっぱり顔が全てじゃないってことだろう。

「翔くんは、理想の女性とか、いますか……？」

理想の女性。そう聞かれて、真っ先に浮かんだのは、光の顔だった。

光の顔が特段好みなわけではない。付き合っている時、光が俺にしてくれたことや、一緒にしたこと、一緒に行った場所、それが俺の恋愛履歴に色濃く残っているせいで、光以外が想像できないんだ。

毎朝早起きして、俺のためにお弁当を作ってくれた。

何かに悩んだり辛《つら》い思いをしている時は、いつも側《そば》にいてくれて、話を聞いてくれた。

不愛想で友達ができない俺を、クラスメイトと繋《つな》いでくれた。

金欠だって言ったら、公園で話すだけでも幸せだよって、そう言ってくれて。

光だから、なんだって言えたし、なんでも聞いてやりたいと思えた。

俺は、光以外と上手《うま》くやっていけないんじゃないかって、別れて一年以上経《た》った今でも思う。

未練だらけで情けないけど、これが俺の本心だから。

「いますけど、――内緒です」

「そう、ですか……。私も内緒にしているので、おあいこですね」

苦笑した心さんは、食べ終わった肉うどんの器を持って、返却口に向かって歩いていく。

そのタイミングを狙ったかのように、俺のスマホが振動しながら大きな音を出して。

「電話だ」

「誰から？」

「うわっ、店長だ」

バイト先の店長からのゲリラ電話。

これほど出るのが億劫《おっくう》な電話はない。別に店長のことが嫌いなわけじゃないが、何かしてしまったかなとか、シフト頼まれるのかなとか、色々考えてしまい出るのが億劫になるんだ。

バイト自体それほど嫌ではないが、予定していない出勤は少し面倒に感じる。

「もしもし、お疲れ様です」

『お疲れー、ごめんね急に』

「いえ、どうされました？」

『実は宝塚《たからづか》店でいきなりバイトが数人やめちゃってさー、今週の日曜日、ヘルプ頼めないかなって。藤ヶ谷《ふじがや》くん休みでしょ？』

バイトの店長という存在は、アルバイトの事情をほぼ全把握している。

面接で学校がバレて、主に入れる時間などを話し合ってシフトを決めていくから、どの時間が暇なのかもよく理解しているんだろう。プライベートの予定があると言えば、断ることはできるだろうけど……。

それに今回はいつも働いている店舗ではない。正直宝塚まで電車で行くのはかなり面倒だ。

家の最寄り駅からだと二回乗り換えがあるし、片道一時間くらいかかる。よし、適当に言い訳して断ろう。

『他のメンバーほとんどダメでさー。最低二人はヘルプ欲しいらしくて、一人は田中《たなか》さんが行ってくれることになったんだけど、あと一人見つけなくちゃいけないんだー。藤ヶ谷くんがダメなら、田中さんに結構負担がかかっちゃうけど……』

店長、ずるいよ。そんな言い方されたら断りにくいって。

ここで断れば、田中にまた恨まれることになりそうだし、宝塚店の人たちも可哀想《かわいそう》だ。

はぁ、仕方ないか。

俺の休日……。

「わかりました。何時から何時までですか？」

『ありがとう！　一二時から二〇時ね！』

フルタイムじゃないっすか……。

「了解です……」

『電車賃は全額負担するから！　本当助かったよありがとう！』

「うっす」

まあ、俺が一日働くことで他の人たちが少しでも楽になるならそれでいいか。バイト先には普段から世話になってるし。

「翔ちゃん、ヘルプ頼まれたでしょ」

「うん。宝塚だってよ。あぁもうめんどくせー。……って、お前も頼まれたの？」

「頼まれたよ。でも断った」

「理由は？」

「楓ちゃんとデートだからね。店長には課題がヤバいって嘘《うそ》ついたけど」

「雨降るように願っとくよ、ムカつくから」

「映画デートだから、あんまり関係ないけどね。相合傘チャンスくれてありがとっ」

「だー！　ムカつく！」

「ははは。頑張ってねー」

帰ってきた心さんが、俺たちを見て『なにを話していたんですか？』と首を傾《かし》げている姿がまるで天使で、癒《いや》されたからヘルプも頑張れそうだ。

にしても、田中と二人でヘルプか……。

不安しかない。

「先輩、なんで同じ電車、同じ車両なんですか。ストーカーですか」

そこそこ混んでいる電車の扉前、目の前に立つ俺に向かってきつく睨《にら》みつけてくるのは、今日一緒に宝塚店へヘルプに行くことになった運命共同体の後輩、田中。

「目的地が同じなんだから、電車くらい被《かぶ》るだろ。それに、俺の方が先に乗ってた」

「私がこの車両に乗ることを緻密に計算して、狙ってこの車両、この扉の前で私を待っていたくせに」

「んなことするか」

「でも、ヘルプに来てくれたことについては感謝しておきます。先輩がいなかったら、きっと私は一人で知らない人たちに囲まれてこき使われるところでした」

「言い方悪いな。そっちこそ、よくこんな面倒なこと頼まれてくれたな。さんきゅ」

「い、いえ。高校では生徒会長だったので、これくらい……」

「だからそれ関係なくね？」

一時間ほど電車に揺られて、宝塚駅からバスで一〇分ほど。のはずだったのに……。

「来ないな」

「遅延してますね。このままでは遅刻してしまいます」

「まあ、しゃあないだろ。気長に待とうぜ」

責任感の強い田中は、バスの遅延ごときでは止まらない。

「走りましょう。それなら全然間に合います」

「はぁっ⁉　こっから歩いて三〇分だぞ⁉　走っても一五分はかかるだろ！　しんどいって、やめとけやめとけ！」

「これくらいで諦めてしまう心の弱い人は、お姉ちゃんの知り合いにもなってほしくないです。それでは、私は行きますので」

「あぁもうわかったよ！　走るよ！　くっそ、めんどくせー！」

せめて知り合うくらいは許してくれよ。

本当に、俺にだけ厳しい後輩だ。

普段ほとんど運動をしない俺と違って、田中はずっと空手をしていたと言っていたし、ストイックな性格からしてジョギングとかしているんだろう。

あっという間に俺を置き去りにしていった。とは言っても、数メートル先から俺がついてきているか確認するように何度か振り返ってくれている。

俺には厳しいけれど、なんだかんだ言ってもやっぱり心さんの妹なんだし、優しいんだよな……。

「先輩、このバス停で少し休憩しましょう」

「いや、いいよ。俺のことはいいから、先行け。俺は遅れるかもしれないけど、俺なりの全力で走るから……」

遅刻するのは申し訳ないと思う。でも、バスが遅延しているのは事実だし、俺を気にしているせいで田中まで遅刻してしまうのは、もっと申し訳ないから。

「今日は日曜日で、道路が混んでいます。ご家族や友人とドライブを楽しんでいる方が多いんでしょう。だから、遅延するのは必然とも言えるんです。仕方ないことなんです。だから、遅れるのも少しは許容されるべきだと思います」

「でも、走れば間に合うだろ？　なのに走らないのは甘えだ。それに、体力がないのは普段運動しない俺が悪い」

「先輩って、意外と自分に厳しいんですね」

「そうか？　よく二度寝するし、むしろ自分に甘い方だと思うけど。それよりほら、行けって」

「でも……」

まだ俺のことを気にかけてくれる田中の背中を押して、走らせようとした。その時、俺たちの隣を通りかかった自転車が駐輪場の自転車に当たって、何台も並んで停《と》めてあった自転車が、雪崩のように倒れていく。

その先には、ベビーカーを押す女性がいた。

このままではベビーカーが自転車の雪崩に巻き込まれてしまう。考えるより先に、既に限界を迎えていた脚が動いていた。

「先輩っ……！」

ベビーカーと倒れてきた自転車の間に割り込んで、体で雪崩を受け止めるが、勢いに負けて後ろに倒れそうになってしまう。

くそ、せっかく間に合ったのに、結局何も出来ずに俺も雪崩の一部になるのか。諦めかけた時、横目に映る赤ん坊の顔が見えて。

平和そうな面で俺を見ていて、今がどんな状態なのかもわかっていないようだ。俺はこんなにピンチだっていうのに。

でも、そんな顔を見ていると不思議と力が湧いてきて。

「っらぁ！」

踏ん張って、自分でもこんなに腕力あったっけ、と不思議に感じた。火事場の馬鹿力ってやつか。

そのおかげでなんとか自転車の雪崩を止めることができて、赤ん坊はそんな俺の必死な顔を見てきゃっきゃっと笑っている。

「……あっ、ありがとうございます！」

母親が安全なところにベビーカーを移動させて、俺に深く頭を下げた。俺はベビーカーの中で笑っている赤ん坊の頬《ほお》を突《つつ》いて。

「無事でよかったです。にしてもお前笑いすぎだぞ〜、結構危なかったんだからな〜。このラッキーベイビーめ」

母親に何度もお礼を言われて、赤ん坊に手を振った後、倒れた自転車を元に戻そうと袖を捲《まく》って。

「田中、遅刻するから先行けって言っただろ」

「『遅刻するくらいなら徒歩三〇分の道を走ってこい』なんて言うアルバイト先ならやめてやります。なので、ここでバスを待ちます。待っている間は退屈なので自転車はついでに手伝ってあげます」

自転車を立てるのを手伝ってくれながら、田中は太々《ふてぶて》しく言った。私が遅刻するのは先輩のせいじゃないって、遠まわしにそう言っているようにも聞こえた。

やっぱり、心さんの妹だ。口ではあーだこーだ言っても、結局誰かを思いやれる優しい奴《やつ》なんだ。

「それにしても、あの自転車に当たった人、自分はトンズラですか。成敗しないといけませんね」

正拳突きをしてみせた田中が、その可愛《かわい》らしい見た目とは裏腹にとんでもなく強そうに見えた。

空手歴九年だろ、普通に男にも勝っちゃいそう。俺とかぼっこぼこにされるんだろうな……。

「やめとけ。田中がやると冗談抜きで再起不能になる可能性がある」

「そのつもりです」

「ダメだからな？」

自転車を全て元通りにして、数分後にようやくバスがやってくる。

ヘルプ先にバスの遅延で遅れることを連絡すると、それは仕方ないから、焦らずに来てねとのことだった。

その言葉のおかげで急がないといけないない焦りからも解放されて、随分気が楽になった。

「先輩、乗りますよ」

「はいよ」

バスの中はまあまあ人がいて、俺たちが入ってきてちょうど席が全て埋まった。窓側に田中、その隣に俺が座って、目的地を目指す。

「先輩、さっきのベビーカーの……」

「ああ、本当無事でよかったよな」

「いえ、なんか、その……」

「……？」

田中が何かを言いかけた時、バス停に着いて扉が開いた。

入ってきたのは杖《つえ》を突いたおばあさん。立っているだけで少し辛《つら》そうに見えて、どこまで乗るのかはわからないけれど、席を譲ろうと立ち上がる。

「よかったらどうぞ」

「あらあら、ありがとうね～」

「うっす」

おばあさんは満足そうに席に座って、隣にいる田中に軽く話しかけている。

立っていると近くにいるのにあまり声が聞き取れなくて、おばあさんと田中がなにを話しているのか全くわからない。でも、二人が時々俺を見るものだから、なんだか緊張してしまう。

数分バスに揺られていると、目的地最寄りのバス停に着く。おばあさんに田中が手を振って、俺は軽く会釈をしてからバスを降りた。

「先輩、さっきからずっと思ってたんですけど、なんですかその右手のゴミ袋。いつから持ってたんですか」

「あー、なんかバス停に捨てられてたから持ってきた。どっかゴミ箱ないかなって探してるんだけどなくてな」

「……そうですか。行きますよ、一〇分の遅刻です」

「おう」

宝塚店の店長に頭を下げて、軽く俺たちの働く店舗との違いの説明を受けてから、仕事にかかる。

違いと言っても、テーブルの番号をざっと覚えて、一緒に働く仲間の名前を教えてもらった程度だ。一日だけだし、呼ぶときに困らないで済むように名前だけ覚えていればいいだろう。

「それじゃあ、二人ともよろしくね」

「「はい」」

宝塚店の店長は女性なのだが、噂《うわさ》によると過去に俺たちの知る店長と付き合っていたらしい。

事実確認はしていないが、そうだとしたら、俺と光と同じ、元恋人だということ。俺の働く店舗の店長は確か前に結婚していると言っていた。つまり、ここの店長と復縁しなかったんだ。

そもそも、元恋人だったと決まったわけではないけど。

復縁は上手《うま》くいかない。何度も調べて、そういう統計が出ていることは知っている。それでも、可能性はゼロじゃない。

もしかしたら、俺と光も――。

「きゃっ！」

お客さんにデザートの提供に行っていた田中が、普段じゃ考えられない可愛らしい声で鳴いて、同時に皿が割れる音が聞こえてきた。

「失礼しましたー！」

皿を割ったらその音にお客さんが驚いてしまう。

驚かせてしまったことの謝罪という、飲食店ではお決まりの流れをしてから、ちりとりとほうきを持って駆け寄った。

「申し訳ございません！」

田中が深くを頭を下げているが、お客さんはそこまで怒っていないようだ。ひとまずはよかった。

戸惑っている田中の代わりに、俺が対応を代わると前に出ることで意思表示する。

「お怪我《けが》はございませんか？」

「はい、大丈夫ですよ」

「すぐに新しいものをお持ちいたします」

「ゆっくりでいいですからね」

若いカップルのお客さんだ。

男性の方が微笑《ほほえ》んで、怒っていないことを教えてくれる。女性の方も田中を子供でも見るように微笑んでいて。ああ、全員こんな人たちだけなら、接客業めっちゃ楽しいんだろうな～。やさしいせかい。

「先輩……」

割れた食器を裏口から出てすぐの場所にあるダンボールに流していると、田中がやってきて。

「気にすんな。怪我してないか？」

「……はい。すみません」

「いいんだよ、田中はまだこのバイト始めて半年も経《た》ってないのに、よくやってる方だし。いつも頼りになりすぎだから、偶《たま》には先輩面させろ」

店長に田中が謝りに行った時、それほど怒っていなかった。飲食店では日常茶飯事だから、毎度怒っていたらきりがないというのもあるが、ヘルプに来てくれているバイトには注意をしづらいというのもあるだろう。

「いつもはこんなミスしないのに珍しいな？　今度はないように気をつけようぜ」

「はい……。反省します」

やっぱり、どこかいつもの田中らしくない。

俺は縁司みたいに女心とかわかってあげられる察しの良い奴じゃないし、聞き方もきっと下手だ。

大人しくいつもの田中に戻るまでサポートしてやるのが最善だろう。

それから、退勤する二〇時を目指して俺たちは頑張った。

一七時頃に店長が賄いのパスタを作ってくれて、夜のピークが来るまでに休んじゃってと休憩を貰《もら》った。

田中と並んでカウンター席に座って、パスタを啜《すす》る。

「田中、あの噂知ってるか？　店長と、ここの店長、昔付き合ってたって話」

「聞いたことはありますけど、本当なんですか？」

「いや、俺もわかんねぇ。田中聞いてみてよ」

「嫌ですよ。先輩が聞いてください」

「いや聞きづらいじゃん。でも気になるし……」

「それ、本当だよ」

「てっ、店長⁉」

俺たちの背後から突然声をかけてきたのは、宝塚店の店長。バイトからは、たかこさんと呼ばれていて、名札には三宅《みやけ》と書いてある。……三宅？

俺たちが普段働いているカフェの店長は、いつも『店長』と呼んでいたから、すっかり忘れていた。

確か店長の名前も、三宅だった……と思う。あの人影薄いからな。

「もしかして……」

「藤ヶ谷くん、気付いた？　そっ、私の旦那はカフェの店長をしているの」

左手の薬指に輝く指輪を俺たちに見せて、たかこさんは微笑んだ。思えば、二年働いていてヘルプなんて頼まれたのは初めてだった。奥さんの店舗がピンチだから、自分の店舗のバイトに頼んだのか……。

「復縁して、そのまま結婚されたんですか？」

田中の質問に、たかこさんは軽く「そうだよっ」と肯定して。

「昔は頼りない彼に呆《あき》れて別れたんだけど、そういうところも含めて、彼が好きだったんだって気付いたの。全部が完璧な人なんていない。ダメなところを帳消しにできるくらい良いところがあればいいんだよ。結婚なんてそんなもの。妥協だよ」

店長、妥協とか言われてるよ。可哀想《かわいそう》に。でも、それは確かにそうかもしれない。

俺は、光の全てが好きだったわけじゃない。

嫌なところも含めて光だし、好きな部分が嫌いな部分を上回っていたから、嫌いな部分もそれほど気にしていなかった。

嫌いだったすぐに機嫌が悪くなるところは、言い換えれば感情豊かだってことだ。よく泣くし、よく笑う。

感情が豊かだから、そういう好きなところもあったんだ。

全てを受け入れて、それでも三年という長い期間好きでいられた相手。俺は、そんな相手と別れてしまった。

もう、そんな相手いつ現れるかもわからないのに。

たかこさんはベルが鳴って俺たちから離れていく。俺が考え事をしていることに気付いた田中が、「先輩……？」と様子を窺《うかが》ってきたのに応えるのが遅れてしまうくらい、俺は光のことで頭がいっぱいになってしまっていた。

休憩が終わってしばらく経って、ヘルプバイトもあと三〇分ほどで終わる。

今日はなんだか、いつもより田中が優しい気がした。そのことに違和感を感じて、田中を目で追っていた。

ホールからキッチンに入る扉の前で、トレイに大量の食器を載せた田中が扉を開けるのに苦戦していた。

「ほら、入れよ」

「……どうも」

田中はトレイを洗い場に置いて、皿、グラス、スプーンと分けて洗浄液に浸《つ》けていく。残り時間もあとわずかで、油断したんだろうか。その小さな手から、グラスが落ちてしまう。

グラスの割れる音が、キッチンに響いて。

「わっ、二人とも大丈夫⁉」

「どうしよう、私また……」

たかこさんがパンケーキを焼きながら遠目にこちらを見ている。

「ごめんなさい、今のは俺です！　すぐに片します！」

「うん、気にしなくていいよー。素手で触らないようにねー」

俺にしか聞こえない声量と震える声音で田中が、申し訳なさそうに。

「どうして、庇《かば》ってくれたんですか……？」

「田中今日二回目だろ。さすがに怒られるかもしれないし」

「でも、割ったのは私です。……怒られるべきだと思います」

「いいんだよ。失敗したって聞いたら、今度からヘルプ頼まれなくなるだろ。俺はここまで来るのしんどいし、その方が逆に助かる」

「理由は最低ですね……」

「最低で悪かったな。で、今回も怪我は大丈夫か？」

「はい、平気です。……ご迷惑おかけしました」

「気にすんな」

やっぱり、今日の田中は少し変だ。

普段なら、「別に頼んでません、自分でやります」とか言ってただろう。それに、いつもの田中ならそもそも食器を割るようなミスはしないのに。

退勤時間になって、俺たちは二人でバスに乗って、宝塚駅に向かう。

バスは行きと違ってほとんど人がいなくて、俺たちは別々の席に座った。

終点の宝塚駅に着いて、降りようと立ち上がったが、田中は窓に頭を預けていた。寝ているようだ。

「おい、起きろ。着いたぞ」

「……っ」

田中は目を薄く開いて、立ち上がろうとするがふらついてしまって。

俺の胸にもたれかかってきて、柔らかい感触が腕に当たるが、そんなこと気にならないくらい、田中の体が熱くなっていた。

「おい、大丈夫か⁉」

「だい……、じょうぶ、です……」

大丈夫なわけあるかよ。すごい熱じゃないか。

「ほら、負《お》ぶってやるから乗れ」

「そんな……、先輩みたいな、女たらしに……」

「うっせ、今はそんな恨みごと言ってる場合じゃないだろ」

強引に田中を負ぶって、右腕に自分のトートバッグ、腹側に田中のリュックを抱えて。

こういう時、筋トレとかしてたら余裕だったんだろうな。

田中はかなり軽いけど、単純に俺が非力すぎる。こりゃ家まで送るのは結構辛《つら》そうだな……。

「天《そら》……!!」

バスを降りた後、田中を送るために初音家を目指した。

初音家は最寄り駅からは徒歩でそんなにかからない距離にあったことが幸いして、なんとか運ぶことができた。でも腕は震えている。

明日は筋肉痛だなこりゃあ……。

心さんと心さんの両親であろう二人と、中学生くらいの男の子……、弟か。家族総出で俺の背中にいる田中に向けて心配そうに声を投げかける。

「近くの病院に連れて行ったら、ただの風邪だけど、ちょっと無理しすぎたねって……。薬飲ませたら落ち着いたみたいなんですけど……。すみません、俺が気付いてやれてたら……」

バスが来ないから走ったし、休憩を挟んだとはいえ七時間くらい働いた。いつもの田中じゃしないミスがあったことを考えれば俺なら気付けていたはずだ。

あんなに一緒にいたのに、田中は無理をしてしまう責任感の強い奴《やつ》だってわかってたのに。

「藤ヶ谷くんだよね？　いつも心と仲良くしてもらってありがとうね。それに、天もアルバイト先でお世話になっているみたいで……」

心さんのお母さんが、頭を下げて。さすがは心さんの母親。二〇歳の娘がいるとは思えないくらいに美人だ。

お父さんは寡黙な人なのか、黙ったまま頭を下げているだけだ。どこか戸惑っているようにも見えるその挙動が、出会ったばかりの心さんに似ているように感じた。人見知りは父親譲りなのか。

「いいえ、こちらこそいつも天さんには助けてもらってばかりですし、心さんはいつも一緒にご飯食べてもらっていて……」

「「「えっ⁉」」」

「え……？」

なんで、家族みんなそんなに驚くんだろう。

「心に、一緒にご飯を食べてくれるお友達が……」

そんなに凄《すご》いことですか、涙拭いてくださいお母さん。

「……僕だけ友達いない」

お父さん、やっぱり人見知りで友達いないんですね。

「お姉ちゃんが男の人と……！」

弟くんにもバカにされてますよ心さん。

「もうみんなやめてよ恥ずかしいっ……！」

お父さんに田中を預けて、心配そうに家族みんなその後ろについて家に入っていく。残った心さんは、俺から田中のリュックを預かってくれて。

「本当に、妹がお世話になりました。よかったら、ご飯食べていかれますか？　今日は私が作ったんですけど……」

「それは凄く魅力的な話ですけど、賄い食べてきたんで。それに、田中があんな状態なのにお邪魔するわけにはいかないですよ」

「そうですか……、でも、どうやってお礼をしたらいいか……」

「いいんですって。大事な友達の妹だし、可愛《かわい》い後輩ですから」

「……本当に、翔くんは優しすぎます」

「俺も疲れちゃったんで、そろそろ帰ります。田中にちゃんと寝て元気になってから戻ってくるように伝えといてください」

「はいっ！　ありがとうございました！」

「じゃあっ」

「さようなら……！」

心さんは俺の姿が完全に見えなくなるまで、ずっと玄関前からこちらを見ていて、俺が振り返る度に食堂でするような控えめなやり方ではなく、両手で可愛く手を振ってくれた。

田中、大丈夫だといいな。

五話　好きになってはいけない相手ほど好きになってしまう。

お姉ちゃんは泣かない。

私は、お姉ちゃんが泣いているところを見たことがなかった。そんなお姉ちゃんと比べて、私は昔からよく泣く子だった。

おねしょをしては泣いて、転んでは泣いて、幼稚園で他の子におもちゃを取られては泣いて、毎日毎日泣いてばかりで。

「大丈夫だからね」

そんな泣き虫の私のことをいつもお姉ちゃんは守ってくれた。

「お姉ちゃんがいるからね」

物心ついた時から、いつもお姉ちゃんが側《そば》にいてくれた。

かっこよくて可愛くて、なんでもできる凄いお姉ちゃん。お姉ちゃんの背中を、ずっと追いかけていた。

お姉ちゃんが小学生になりランドセルを背負う姿を見て、小学生なんてまだまだ子供なのに、当時の私にはお姉ちゃんが遠い存在に思えるくらい凄い人に見えた。

お母さんが風邪を引いたら、代わりに私のご飯を用意してくれた。まだ小学生なのに、美味《おい》しいカレーを作ってくれた。

私は、そんなお姉ちゃんが大好きだった。

小学校に通い始めたばかりの頃、お姉ちゃんが泣きそうな顔で帰ってきて、お姉ちゃんのそんな顔を見るのは初めてだったから、驚いて何もできなかった。

お母さんがお姉ちゃんの話を聞いているところを盗み聞きしてわかったが、どうやらお姉ちゃんは学校で男の子にいじめられたらしい。

ずっとお姉ちゃんに守ってもらったんだから、今度は私がお姉ちゃんを守る番だ。そう決意して、強くなりたいと願うようになった。

そんな時に、テレビに出演していた女性空手家が、バラエティ番組で瓦を割る姿を見て、私は決めた。

「ママ！　私、空手したい！」

お母さんとお父さんは驚いていたけれど、私がやりたいことならと空手教室に通わせてくれた。

空手教室では男の子ばかりで、組手で対戦するのはみんな自分より大きい相手ばかり。それでも、お姉ちゃんを守るためなら、お姉ちゃんをいじめる奴を倒すためならと、努力できた。

中学生になったお姉ちゃんは、変わらず学校では一人で過ごしているようで、友達を家に連れてくることなんてなかったし、遊びにも行かない、学校の話も一切しない。

どうして、こんなに凄いお姉ちゃんに友達ができないんだ。そうか、みんなお姉ちゃんが羨ましいんだ。

お姉ちゃんが凄いって認めてるから、いじめることで自分の方が強いって勘違いして、気持ち良くなってるんだ。

お姉ちゃんは抵抗しない。お姉ちゃんは否定しない。だからやられっぱなしになってしまう。

でも、それがお姉ちゃんの良いところでもある。だったら、お姉ちゃんの代わりに、私が。

「お前、初音《はつね》の妹だよな？」

中学一年生になったばかりの私の前に、三年生の男が三人現れて。

「だったらなんですか」

その中心にいる男のことは、知っていた。お姉ちゃんの筆箱を隠したり、お姉ちゃんにブスって言ったり、酷《ひど》い男だ。

「初音って、俺のこと家で話したりしてないの？」

何を言っているんだコイツ。

お姉ちゃんがお前みたいな奴の話をするわけがないだろう。

距離を縮めてこようとする男に、心が拒否するように鳥肌がたって。

「それ以上近づけば、知りませんよ」

空手で培ってきた力は、自分の利益や鬱憤を晴らすために使ってはいけない。

師範にはそう教えられたけれど、相手は男三人だ。何もしなければ、私もいじめられてしまう。

「わ、悪かったって。俺はお前と仲良くしたいだけなんだ」

「……は？　いつもお姉ちゃんに辛い思いをさせているくせに、どの口が言ってるんですか」

「それは……」

ああ、そうか。コイツは、お姉ちゃんのことが好きなんだ。でも、そう伝えられる勇気がない。

だからいじわるをすることで気を引いている。

コイツにいじめているつもりがなくても、お姉ちゃんはコイツのせいで苦しんでいるんだから、いじめているのと同じだ。

お姉ちゃんは可愛いから、こんなクズみたいな男に沢山いじわるをされるんだ。だったら、私がクズ共からお姉ちゃんを守る。

中学生になっても、空手を続けた。

気付けば空手部で一番になって、地区大会へ、市大会へ、県大会へ出場するほどになり、県ベスト四にまで上り詰めた。

そうなった頃には、「初音の妹がヤバい」と学校中で噂《うわさ》になり、お姉ちゃんに近づく男は減っていった。

高校はお姉ちゃんと同じところを選んだ。

私の学力ならばもっと上を目指せると担任教師からは言われたけれど、私の人生はお姉ちゃんが全て。

だから、お姉ちゃんと一緒に通学できる高校以外には行く理由などなかった。

無事お姉ちゃんと同じ高校に入学できたのはいいけれど、高校には空手部がなかった。

でも、もうその辺のちゃらんぽらんな男にならば負けない。

その自信があったから空手は中学までやめて、他の方法でお姉ちゃんを守る力を付けようと思い生徒会に立候補した。

学年トップの成績と先生からの支持のおかげで、一年生にして風紀委員長に選ばれて、お姉ちゃんの周囲で風紀を乱す輩《やから》を一人残らず更生させた。

おかげでお姉ちゃんに変な男が近づくことはなく、お姉ちゃんは平和な高校生活を送れたことだろう。

「私もこんな恋愛してみたいな……」

漫画を読んでいたお姉ちゃんが、そう呟《つぶや》いた。

お姉ちゃんが高校生になっても一切恋愛をしてこなかったのは、私が邪魔しているからという自覚はあった。でも、お姉ちゃんは優しくて鈍感でお人好《ひとよ》しだから、ゲスな男の下心に気付けない。

そんなお姉ちゃんをどこの誰かもわからない男に渡したくなくて、お姉ちゃんに近づく男をことごとく遠ざけてきた。

「お姉ちゃんには、私がいるじゃん。男なんてみんなクズばっかりなんだから、恋愛は漫画の中だけにしときなよ」

「んー、でも一度くらいは恋してみたいよ……？」

罪悪感はあった。

でも、それ以上に私がお姉ちゃんを守らなきゃという使命感の方が強くて、私が行動を変えることはないままお姉ちゃんは大学生になった。

お姉ちゃんは私より二つ年上だから、高校でお姉ちゃんのいない無駄な二年を過ごしてから、私もお姉ちゃんを追いかけて同じ大学に入学することにした。

お姉ちゃんは入学に入学してから、変わった。

前から最高に可愛《かわい》かったけれど、その可愛さに磨きがかかって。そうなったのはどうしてだろう、好きな人でもできたのか、それとも大学から登校が私服になって、周りに影響されてお洒落《しゃれ》に、メイクも覚えて可愛くなった？

その理由は、お姉ちゃんが教えてくれた。

「最近、いいなって思う人がいるんだ……」

ああ、そうか。

またお姉ちゃんに近づく魔の手が現れたんだ。

きっとその男は軽薄で、自分勝手で、お姉ちゃんの気を引くためにいじわるをするようなクズだ。

だったら私が、お姉ちゃんを守らなくちゃ、そう意気込んで。

お姉ちゃんが初めてその男と二人で出かけるんだと、前日の夜に全身鏡の前でお気に入りの服を着ながら言った。

私はお姉ちゃんにバレないように、あとをつけた。

その男は、目付きが悪くて、お姉ちゃんが気付いていないと思って何度も隣からお姉ちゃんを汚い目で見ていた。

腹が立つ。

お姉ちゃんをそんな目で見るな。

お姉ちゃんを見て鼻の下を伸ばすな。

お姉ちゃんは、……私のものなのに。

「今日ね、このオムライス食べてきたんだ！」

楽しそうに言うお姉ちゃんが子供みたいに可愛くて、でも、同時にあの男に対する嫉妬が燃え上がった。

「オムライスの後、ハーバーランドに行ってね、初めてスタベの抹茶フラポチーノ飲んだの！」

知っている。

だって、私もお姉ちゃんと同じのを飲んだし。ずっと、見ていたから。

「また行きたいな……」

少女漫画を読んでいる時より、絵を描いている時より、──私と居る時より、楽しそうに微笑《ほほえ》んで。

私とこうして話しながら、あの男と出かけた後の余韻に浸って、脳裏にはあの男の顔を浮かべているんだ。……許せない。

お姉ちゃんを巧みな話術で誑《たぶら》かしているんだ。

どうせお姉ちゃんを好きなように弄んだ後、捨てるに決まっている。そうなればきっとお姉ちゃんは立ち直れない。

そう理解できるほど、見たこともないくらい幸せそうに笑うから。

お姉ちゃんの目を覚ますのは難しい。

こう見えて頑固だから、私がやめときなって言ってもきっと聞かない。だったら、あの男にお姉ちゃんから手を引かせればいい。

私からお姉ちゃんを奪ったあの男を、絶対に許さない。

四月から私はお姉ちゃんと同じ大学に通う。その一か月前、大学に向かうお姉ちゃんの後をこっそりついていって、食堂であの男を見つけた。

私はまだこの大学の学生ではない。でも今日は、あの男を尾行するために来た。

絶対にあの男の本性を暴いてやる。

絶対にあの男がお姉ちゃんに相応《ふさわ》しくないって証拠を摑《つか》んでやる。

そのためなら私は、なんだってやる。

男の家まで尾行する。アパートに入った。三階の右から二番目の部屋。

「おーい藤ヶ谷《ふじがや》ー、野球しようぜー！」

「部屋の前で大きい声出すなよ……」

「翔《しょう》ちゃんごめーんっ」

男の友人らしきチャラい男が訪ねてきて、中に入る。

そいつは見るからに軽薄そうな見た目で、複数の女の子に「君が一番だよ」とか言って手のひらの上で転がしていそうなチャラい容姿をしていた。

類は友を呼ぶ。

あのクズ男、――藤ヶ谷翔の友人としては一〇〇点の見た目だ。

それから私は、何度も藤ヶ谷翔の後をつけた。

よく行く牛丼屋、いつも乗るバスと電車、実家の場所、――アルバイト先。

「初めまして、田中《たなか》です」

「初めまして、藤ヶ谷です」

同じバイト先に入り、藤ヶ谷翔を、――先輩を常に監視した。そして知る。先輩にはもう一人、女がいる。

やっぱりだ。だから言ったじゃないか、男はみんなクズなんだって。

性欲が服着て歩いているようなものなんだから、そんな奴《やつ》らを穢《けが》れのないお姉ちゃんに近づけたくない。

お姉ちゃんは、私が守らなくちゃ。

なにやらもう一人の女は先輩の元恋人らしい。

一緒にご飯を食べて、お酒を飲んで、仲は悪そうだけどお互い思うところがあるような、男女の雰囲気。

酔って寝てしまった元恋人さんを背負って店を出た先輩、私はその後ろを追いかけた。

どうせホテルに連れ込むんだ。

このクズな先輩のことだから、きっとそうする。

女の子を口説く能力がないから、お酒に頼って、飲ませて強引に……。そんな破廉恥なことをしそうになったら、元恋人さんを助けなくちゃ。

私が先輩を殴り飛ばしてでも――。でも、そんな心配とは裏腹に、先輩は元恋人さんを背負ったまま家まで送ってあげていて。

「ありがとう……。アンタの家逆方向じゃないの？」

「まあな、でもあんな状態のお前を置いていけるほど道徳心がないわけじゃないからな」

隠れて二人の会話を聞いた。

そこから、少しずつ先輩の印象が変わっていった。

もしかしたら、この人なら――。

一緒に行った、他店へのヘルプ。

何台もの自転車が倒れていき、私は全く動けなかったのに、先輩はベビーカーに乗る赤ちゃんを身を挺《てい》して守って。

「無事でよかったです。にしてもお前笑いすぎだぞ～、結構危なかったんだからな～。このラッキーベイビーめ」

赤ちゃんの頬《ほお》を突《つつ》いて優しく微笑む先輩は、私が思っていたような最低な男とはかけ離れている。

「よかったらどうぞ」

バスでお年寄りに席を譲っていた。

私だってそうするけど、断られたら恥ずかしいなって、迷いが生まれたのに対して、先輩は一切の躊躇《ちゅうちょ》なく立ち上がることのできる人で。

「あー、なんかバス停に捨てられてたから持ってきた。どっかゴミ箱ないかなって」

落ちていたゴミを拾っていた。路上に自転車が沢山停《と》めてあるあの狭い道で、またあんな事故が起きるかもしれないし、拾った方がいい。私もそう考えたけど、面倒だなって、誰かが拾って捨ててくれるだろうって、見て見ぬふりをしてしまった。

でも先輩は、迷わず拾える人だった。

「お怪我《けが》はございませんか？」

バイト中に失敗した時、焦って何も出来ずにいた私の代わりに、お客さんへのアフターケアも率先してしてくれた。

「怪我してないか？」

私の心配までしてくれる人だった。私のせいで、迷惑をかけたのに。

「いつも頼りになりすぎだから、偶《たま》には先輩面させろ」

私に気を遣わせないように、不器用な態度ではあるけれどそう言ってくれて。

「どうしよう、私また……」

体調が優れないとはいえ、同じ日に二度も同じミスをしてしまった私を、先輩は庇《かば》ってくれて。

「ごめんなさい、今のは俺です！　すぐに片します！」

「どうして、庇ってくれたんですか……？」

「田中今日二回目だろ。さすがに怒られるかもしれないし」

「……ご迷惑おかけしました」

「気にすんな」

不愛想なそんな言葉が、私が今まで先輩にとってきた態度や、してきた行いに罪悪感を懐《いだ》かせて。

「ほら、負《お》ぶってやるから乗れ」

頭が割れそうなくらい痛くて、視界が揺れて、体が熱い。思うように体が動かなくて、先輩の背中で眠ってしまった。

その意外にも大きくて逞《たくま》しい背中が温かくて、優しくて、昔お姉ちゃんにおんぶしてもらった時を思い出した。

頼りになって、なんでもできて、かっこよくて。そんな背中に憧れて、追いかけて、ずっと一緒にいたいと願って。

先輩になんて、同じ感情を懐きたくない。

これは、お姉ちゃんのための感情だ。

私が好きなのはお姉ちゃんだけで、お姉ちゃんが好きなのは私だけ。それが良かったはずだ。それで良かったはずなんだ。

なのに今は、気付けば先輩のことばかり考えてしまっている。こんなの嫌だ。こんなの、私じゃない。

だからやめてよ、優しくしないで、入ってこないで。もし私が先輩を好きになっちゃったとしても、誰も幸せになれないんだから。


「天《そら》、起きた？」

扉を開けてこちらを覗《のぞ》くお姉ちゃんが、手にお粥《かゆ》を持って心配そうに声をかけてくる。

「うん、もう平気だよ。ほらっ！」

立ち上がり、両腕を振り回して元気になったアピールをしてみせる。実際はまだ少し辛《つら》いけれど、お姉ちゃんに心配をかけたくなくて。

「こら、そんなに激しい動きしちゃだめ。ちゃんと治るまではじっとしてて？　私がなんでもしてあげるから」

「……うん。お姉ちゃんいつもありがとう、大好き」

お粥を机に置いたお姉ちゃんに後ろから抱き着いて、その大好きな温かくて優しい背中に顔を埋《うず》める。

お姉ちゃんの匂いだ。

同じシャンプーで髪を洗って、同じ柔軟剤で洗濯しているのに、お姉ちゃんの匂いは私と少し違う。

　少し甘くて、ふんわりと優しい匂い。

「こらこら、放してくれないとお粥食べられないよ？」

「嫌だ。このまま食べさせて」

「もうっ、天……」

　困っているお姉ちゃんも、喜んでいるお姉ちゃんも、全部私のものだ。全部全部、私だけのお姉ちゃんなんだ。

　だから、先輩には渡さない。

「お姉ちゃん、ずっと一緒にいてね……？」

「……？　どうしたの？　何か嫌なことでもあった？」

「ううん、そうじゃないけど……」

　私の両腕を優しく剝《は》がして、白くて細い腕で、私を優しく包んでくれる。

「大丈夫だよ。お姉ちゃんは、ずっと一緒にいるからね」

　熱でどうかしているのかもしれない。いつもは、こんな弱音吐かないのに。それもこれも、全部先輩のせいだ。

　先輩と出会ってから、私の信念が曲げられてしまった。

男はみんなクズで、狼《おおかみ》で、性欲という概念の権化なのに、先輩は違うんじゃないかって錯覚させてくる。

「……お姉ちゃんのお粥、食べたい」

「はいはい、今食べさせてあげるからね」

息を吹きかけて、食べやすい温度まで調整してくれて、私の口まで運んでくれた。まるで、昔に戻ったみたいだ。

私がまだ幼い頃は、ずっとお姉ちゃんに甘えてばかりだったから。それもいつしか、私がお姉ちゃんを守らなきゃって、空手を始めて、お姉ちゃんになんでも教えられるように勉強だって誰よりも頑張っていつも一番で、空手以外のスポーツでもいつだって私は一番になった。

高校では生徒会長になったし、大学だって本当はもっと上を目指せた。アルバイトでも沢山褒められて、若いのに誰よりも頑張っていて仕事ができるって言ってもらえるようになった。

それに比べてお姉ちゃんは運動も勉強もほどほどで、友達なんて一人もいなかった。

だから私が守らなくちゃいけない。そう決意してた。

でも実際のところ、守られていたのは私なのかもしれない。私が上手《うま》くいかない時、お姉ちゃんはいつも察してくれて、側《そば》にいてくれた。

料理が得意だし、絵も上手だし、最近は特に可愛《かわい》くなったし、友達だってできてきた。どんどんお姉ちゃんが遠い存在になっていくのが、寂しくて、悲しかったんだ。私は先輩に、嫉妬していただけなんだ。

嫉妬して、その鬱憤を晴らすために理不尽に噛《か》みついて、先輩からしてみれば、私はさぞ邪魔で鬱陶しい存在だっただろう。

「お姉ちゃん、あの漫画のモデルって、お姉ちゃんと先輩だよね……？」

「えっ⁉　きゅ、急にどうしたの……⁉」

顔を真っ赤にしているお姉ちゃんを見て、確信してしまう。

「お姉ちゃんは、──先輩のこと好き？」

「す、好きって、そんな……、私なんかが……」

やっぱり、そうなんだね。

お姉ちゃんのそんな顔、見たことないんだもん。

先輩が家に来た日、お姉ちゃんはずっと笑ってて、いつもよりメイクも髪も気合いが入ってて、あの時作ったバターチキンカレーだって、いつも以上に味見を繰り返していたし……。

「お姉ちゃん」

「……？」

「お姉ちゃんはいつも『私なんか』って言うけど、お姉ちゃんにその言葉は似合わないよ。お姉ちゃんは、誰よりも可愛いし、誰よりも優しいし、誰よりもかっこいい、私の自慢のお姉ちゃんなんだよ？　私の誇れるものを、卑下してほしくないな」

「……うん。翔くんも、いつも同じことを言ってくれる」

「そっか……」

お姉ちゃんはいつも、先輩の話をするとき表情が柔らかくなる。私は、お姉ちゃんには幸せになってほしい。でも、先輩がお姉ちゃんを幸せにしてくれる存在なのかは、まだわからない。

私は、先輩を認めてもいいのか。私は、二人を応援してもいいのか。確かめる必要がありそうだ。

「お姉ちゃん、私ちょっと寝るね」

「うん、何かあったらいつでも呼んでね」

お姉ちゃんが部屋から出たのを確認してから、私はアルバイト先のＬＩＮＥグループを開いた。

グループから先輩のＬＩＮＥを追加して、メッセージを送る。

『田中です。次のお休みいつですか？　会えませんか？』

すぐに既読がついて、言っておかないといけないことがあるのを思い出した。

『お姉ちゃんには、内緒でお願いします』


「先輩、お待たせしました」

三ノ宮《さんのみや》駅中央口前のセボンイレボン。いつも先輩に会う時はバイト先だったから、制服姿の私しか見せたことはなかった。

制服は自前の白いシャツに黒いパンツ、その上から一人一枚支給される黒のエプロンを着る決まりになっている。

私服は一度だけ、先輩が家に来たときにしか見せていない。でもあれは部屋着だったから、こうしてお洒落《しゃれ》して会うのは初めてだ。

今日の服は特に意識していたわけではないけれど、一番お気に入りの服だった。

お気に入りのブランドのロゴが入ったオーバーサイズのオフショルダー白ティーシャツを、シルエットの綺麗《きれい》な緑のスラックスにタックインして、最近流行《はや》っているキャップとスニーカー。

本当はお姉ちゃんみたいな可愛い服も着てみたいけれど、髪の短い私なんかじゃきっと似合わないのは目に見えているし。

「お疲れ、なんかあれだな……、普段と違うというか……」

「別に先輩と会うからお洒落してきたわけじゃありません。外出するならお洒落するのが普通ですから。だから、変な勘違いしないでください」

「別に勘違いなんてしねぇよ……」

「それじゃあ、行きましょうか」

「おう。それにしても助かったよ、ありがとう田中」

駅を出てセンター街に向かって歩き出した私の隣を歩く先輩は、素直に感謝を伝えられない私とは違って、はっきりと言う。

「何がですか」

本当は先輩が何に対してお礼を言っているのかわかっているのに。

「田中が教えてくれなかったら、心《しん》さんの誕生日が近いって知らなかったからさ」

私は今日、先輩がお姉ちゃんに相応《ふさわ》しい男なのかを見極めるために呼び出した。そんな事情は露知らず、単純にお姉ちゃんの誕生日を祝おうと先輩はついてきてくれることになった。

お姉ちゃんの誕生日は来週で、私はまだ何を買うか決めていない。本当はケーキも作ってあげたいけど、お姉ちゃんより上手くできるわけないし……。

「先輩は何あげるか決めたんですか？」

「色々調べたんだけど、『二〇代女子への誕生日プレゼント一〇選！』みたいな記事見ても、あんまりしっくりくるのがなくてさ」

「私も、毎年あげてるとそろそろ選択肢が無くなってきました」

「へー、ちなみに今まではなにあげたの」

「去年はお洒落やメイクを頑張ってたので、デパコスと洋服です。あっ、デパコスっていうのは……」

「デパートコスメだろ、なめんなよ。こう見えてもブランド名とその特徴くらいならなんとなくわかる」

「意外な上に気持ち悪い特技ですね。先輩がデパコスに詳しいなんて気持ち悪いです。モテたくて調べたんですか？」

「いや、光《ひかり》と付き合ってた時に光へのプレゼントのレパートリーを増やすために……。つーか酷《ひど》くね？」

「先輩がデパコスに詳しいのが気持ち悪いです」

「とりあえずセンター街歩いてみて、良い感じのお店を探しましょう」

センター街に向かう途中の交差点で、信号に捕まっていると、なにやら音がした。

周囲の人が私の方を一斉に見て、私のお腹《なか》が鳴った音だと気付いて、顔が赤くなる。恥ずかしい。

そういえばもう一三時だし、朝は七時に食べたから、お腹が減ってくるころだった。

「あー、ごめん、盛大に腹が鳴った」

「え……？」

「お昼ご飯まだだよな？　ちょっと付き合ってくんね？」

先輩がいつもより大きな声で、周囲の人に聞かせるように言ったことで、さっきのお腹の音は先輩から出た音だと周囲は勘違いしたようだ。

「は、はい……」

待っていた信号は渡らず、駅の方に引き返す。

「先輩……、あ……」

ありがとう。そのたった一言が、意地が邪魔して出ない。先輩は私の代わりに恥をかいてくれたのに。

「二回も言うな」

「今何が食いたいとかあるか？」

「あっ、先輩がお姉ちゃんと食べたオムライスのお店に行きたいです」

「いいね。行くか」

先輩は慣れた道を歩くように、オムライスのカフェを目指す。私はその後ろをついていった。

「俺はオムライスでお願いします」

「私はカルボナーラでお願いします」

駅から徒歩三分ほどで着いたカフェは、木々に囲まれた建物の中にあって、内装は暗い照明にテラス席もあり、店内の席は全席ソファ席という先輩が連れてくるにはお洒落すぎるカフェだった。

「オムライスじゃないのかよ」

「私の行動を決めないでください、不愉快です」

「はいはい……」

「お姉ちゃんと来たときは、お姉ちゃんもオムライスでしたか？」

「あー、確かそうだった気がするな」

「じゃあ、一口ください。お姉ちゃんと同じものが食べたいです」

「だったら注文すりゃいいだろ……、まあ、いいけどさ」

しばらく待つと、オムライスとカルボナーラが運ばれてきた。私はカルボナーラを少しだけ小皿に移して、先輩に渡す。

「おっ、さんきゅ」

「等価交換です」

「難しい言葉知ってんな。ほら、オムライスも」

「生徒会長だったので……」

「またそれか。褒めたら絶対それ言うよな」

「なんですか、文句ですか？」

「いや別に文句ってわけでは……」

「さあ、さっさと食べてお姉ちゃんへのプレゼント探しに行きますよ」

「へいへい……」

センター街は服屋、ペットショップ、飲食店、薬局と様々な店が並んでいるが、どれもあまり誕生日プレゼントを買う店ではないように感じた。

「田中、なんか良さそうなところあったか？」

「いえ。先輩は？」

「まだ見つかんねぇなー。付き合ってるわけでもないし、消えものがいいかなって思うんだけど、ハンドクリームはベタだし、会社の上司とかちょっと距離あってそんなに仲良くない人にあげるもの、みたいな印象あるから避けたいところではある」

「お姉ちゃんと仲良いと思ってるのは先輩だけなのでハンドクリームでいいですよ」

「悲しいからやめて」

「ふふっ」

「おっ、笑った。珍しいな」

おっといけない、真顔真顔。

「思い出し笑いです。先輩の手柄ではありません」

「ですよねー」

ダメダメ。今日の目的はお姉ちゃんへの誕生日プレゼントを選ぶのと、先輩がお姉ちゃんに相応しい相手かどうかを見極めることなのに。

何を楽しんでいるんだ、私。

「これから本格的に夏が始まるし、夏に活躍しそうな物とかいいかもな」

「例えば？」

「そのへん、女子の田中の方が詳しそうだけど……、日傘、ちょっと良い日焼け止め、とか？」

「先輩みたいな破廉恥な人は水着一択だと思ってました」

「破廉恥とかあんまりイマドキ使わねぇだろ。それから俺は破廉恥な人ではない」

「日傘はありですね」

「つーかそもそも田中は心さんが欲しい物とか聞いてねぇの？」

「お姉ちゃんはあまり欲がないので自分からあれが欲しいこれが欲しいみたいな話はしてこないです。でも、心当たりならいくつか」

「え、教えてよ」

「嫌です。自分で考えてください」

ここで教えなくてもお姉ちゃんの欲しい物にたどり着くのが、お姉ちゃんに相応しい男だ。

だから、先輩には何も教えてあげない。

「まあそうだよな。誰かが選んだものじゃなく、俺が選んだものじゃないと意味がない」

「……」

「誕生日プレゼントって、気持ちが一番大事なんだもんな」

「……そうですね。先輩のくせに、良いこと言いますね」

「くせに、は余計だけどな。そういえば、ケーキは準備してんのか？」

「いえ、まだです。買う予定ではあります」

本当は、私が作ってあげたい。

でも、きっとお姉ちゃんよりも上手《うま》くできないから、ケーキ屋さんで買おうと思っていた。

「田中は料理しないのか？　てっきり自分で作るのかと思ってたよ」

「いえ、私なんかが作るより、お店で買った方が美味《おい》しいですから……。きっとその方が喜んでくれますよ」

私は勉強も運動も、大体お姉ちゃんよりできる。でも、お姉ちゃんは料理ができて、絵が上手で、可愛《かわい》くて、私はお姉ちゃんに勝てない部分もある。私なんかが作ったケーキを食べても、お姉ちゃんに自分で作った方が美味しいって思われてしまうかもしれない。それは、悲しいから。

「そんなことないだろ」

先輩は、まっすぐに私の目を見て。

「大好きな妹が作ってくれたケーキだぞ？　どんなケーキよりも美味しいに決まってんだ

ろ。プレゼントもそうだけど、大事なのはくれた人の気持ちなんだからさ。悩んで、時間費やして、喜んでくれるかなって、心さんはそれで喜ばないような人じゃない。愛の伝え方は時間とお金と労力をかけることなんだからさ」

ああ、やっぱり先輩は、お姉ちゃんのことをよく見ていて、理解していて、信頼している。……私よりも。

「先輩のくせにわかったようなこと言わないでください。でも、そうですね……、一度作ってみます……。失敗したら唆した先輩のせいなので、食べてくださいね」

「ははっ、それはラッキーだ。任せろ」

知れば知るほど、憎めない人。

「あっ、良いこと思いついた」

「……?」

「田中は誕生日いつだ？」

「来月ですが……」

「よし、じゃあちょうどいい！」

「なんですか……？」

「ちょっとついてきてくれ」

私の前を歩いて、先輩が向かったのは、キッチンで使う物が沢山置いてある雑貨屋。食器や調理器具、お洒落《しゃれ》なトースターや可愛い置物なんかもある。

「おっ、これとかいいな」

先輩が右手に持ったのは、アイボリーに黒リボンのエプロン。そして、左手にはその色違いで、リボンだけ水色になったエプロン。

「この前、心さんがバターチキンカレー作ってくれた日さ、エプロンの紐《ひも》が切れそうだって言ってたんだよ」

「なるほど、確かにお姉ちゃんは喜ぶと思います。でも、なんで二つ？」

「一つは田中にやるよ。ケーキ作るなら、使うだろ？　あ、もう持ってた？」

「持ってますけど、もうボロボロなので買い替えようかと思っていました」

「じゃあいいじゃん！　ん〜、心さんは水色っぽいよな。田中は黒の方がいいと思うんだけど、どっちがいいとかある？」

無邪気に聞いてくる先輩は、今私のために考えてくれている。それがなんだか嬉《うれ》しくて、頬《ほお》が緩んでしまったようだ。

「……なに笑ってんだよ、俺なんか変なことした？」

「いえっ、なんか子供みたいだなって」

「ふふっ。お姉ちゃんは水色の方が好きなので、私が黒を頂いてもいいですか？」
「おうっ。これでお揃《そろ》いだろ！」
「年上だぞ」

ムカつくけど、先輩は良い人だ。認めたくないと思うのは、先輩が嫌な人だからではなく、お姉ちゃんを奪われてしまうのが嫌で嫉妬しているだけ、そう思っていた。でも、違うな。

私は、ずっと先輩を追いかけ回してきた。

先輩がお姉ちゃんと出会ってから、どんな男なのか知ろうとストーキングして、同じアルバイト先に入って、こうして試すようなこともした。

長い時間一緒に居たことで、先輩に対する印象が変わっていった。

何度もバイト中に助けてもらって、体を張ってベビーカーに乗る赤ちゃんを助けて、誰も見ていないところでもゴミを拾って、先輩の良いところばかり見せつけられてきた。

こんなに良い人が、お姉ちゃんに相応《ふさわ》しくないとは思えない。

私は嫉妬していたんだ。

先輩にも、――お姉ちゃんにも。

先輩はエプロンを買い、私は結局日傘を選んだ。用件も終わったし、駅に向かおうとした私たちは、雨に降られて。

「田中、傘持ってるか？」

「……持ってないです」

私は今日、天気予報を見て雨が降るとわかっていた。だから折り畳み傘を鞄《かばん》の中に入れてきたのに、どうして、傘はないと嘘《うそ》をついたのか。

先輩は手に傘を持っている。それに入れてもらえると思ったんじゃないのか。

「じゃあこれ使えよ」

「えっ……」

「俺と相合傘とか嫌だろ。別に濡《ぬ》れても帰ってすぐシャワー浴びるし、いいから」

そうだよね。だって、ずっと先輩に嫌な態度をとってきたのは私なんだから。そう思われても仕方ない。

「別に、先輩と一緒でも大丈夫です」

先輩から傘を受け取って、広げた。それをそのまま先輩に渡して、私は先輩の隣にくっついて。

MK
Sky

「じゃあ、駅まで行くか」

離れないように、先輩の右腕に自分の左腕を絡めた。それでも、先輩は一切動じることなく駅に向かって進んでいって。

「先輩」

「ん？」

「先輩は、お姉ちゃんのこと好きですか？」

「はっ⁉」

顔を真っ赤にして、私の顔を見る。

今こうして腕を組んでいる私よりも、ここにいないお姉ちゃんの方が先輩を動揺させられるんだ。

「何言ってんだよ、急に……」

「でも先輩の頭の中には、光さんもいるんでしょう？」

「っ、……」

やっぱりそうだ。

先輩は、黙って俯《うつむ》いた。

いくら先輩が良い人だとわかっても、二股するような男なら、私がお姉ちゃんから先輩を遠ざけないといけない。

「正直、自分でもわかんなかったよ」

傘を叩《たた》く雨の音と、隣の道路で車の走る音。人通りの少ない道で、私と先輩以外周囲には誰もいない。

「――でも、今ははっきりしてる」

光さんか、お姉ちゃんか、先輩の中には、そのどちらかがいて、そこに私の入る隙なんてない。

もしも私が先に生まれていて、お姉ちゃんじゃなく私が先輩と出会っていたら。

もしも高校時代に付き合っていたのが、光さんじゃなく私だったら。

出会ったときから、私にチャンスなんてなかったんだ。

私にとって一番大切なのはお姉ちゃんだし、お姉ちゃんには幸せになってほしい。お姉ちゃんが幸せそうに笑っている顔を見ているのが、私にとっての幸せ。

だから、邪魔をしたくはない。

先輩が、お姉ちゃんが、二人の結末がどうなるかは、二人が決めることだ。私は、それをただ見守ればいい。

「先輩がどっちを選ぶのかは知りませんけど、お姉ちゃんを泣かせたら許しません。お姉ちゃんは、これまで私が守ってきたんです。これからもそうです。私がお姉ちゃんを守ります。だから、先輩がお姉ちゃんを泣かせるようなことがあれば……」

「――心さんは、誰かに守ってもらわないといけないような弱い女の子じゃないよ」

「そう、ですね」

先輩は、お姉ちゃんのことをよく理解している。お姉ちゃんのことを、大切に思ってくれている。

先輩になら、任せてもいい。

お姉ちゃんの努力が報われるかはわからないけれど、私はお姉ちゃんのことを応援してあげよう。

でも、今日だけは、最後だから。

腕を組んでいる先輩の肩に、頭を乗せた。

それでも先輩は、焦る様子もなくて、不思議そうに「どうした……？」となに食わぬ顔で。

　きっとこれが光さんやお姉ちゃんなら、もっと違った反応だったんだろう。

　私は、先輩の感情を揺さぶることもできない。でも、それでもいいから。今だけは、こうしていたいと願った。

「田中、泣いてんのか？」

「……泣いてません、雨です」

六話　友達と同じ人を好きになると辛《つら》い。

コネクトでカケルとしてメッセージのやりとりをしていた翔《しょう》とのトーク画面を、遡って読んでいた。

この数日で何度読み返しただろう。付き合っていたころ、私が半ば強引に翔と撮った写真も、ここ数日で何度も見返した。

写真もそうだけど、翔からもらった何通もの手紙も、未《いま》だに捨てられずに残っていて、読み返すたびに意外と綺麗《きれい》な字へのギャップと、手紙を書き慣れていないんだろうなと察する文章が、なんだか微笑《ほほえ》ましい。

もう、あの頃のように手紙のやりとりをすることもないんだろう。

私は、知ってしまった。

心《しん》ちゃんが翔を想《おも》っていることも、翔が心ちゃんに対して懐《いだ》いている感情が、ただの友達に対するものではないことも。

最初は諦めたくないって、心ちゃんとせっかく仲良くなれたけど、それでもこの気持ちを貫くんだって決めた。

でも、きっと私じゃ心ちゃんには敵《かな》わない。

心ちゃんの家で天《そら》ちゃんも含めた四人でご飯を食べた日、二人の楽しそうに話す顔を見ていたら、それを痛感させられた。

私が思いを伝えてしまえば、心ちゃんはきっと私に遠慮してしまう。翔だって、私たちに気を遣って距離を取ってしまうかもしれない。そうなれば、心ちゃんの邪魔をしてしまう。

いいじゃないか。

だって私は、好きな人と三年以上も付き合えて、その上再会してこれからも友達として仲良くできるんだから。

私が思いを伝えれば、あの二人と友達でいられなくなるかもしれない。それが、一番恐《こわ》い。

もう、翔のいない日々は嫌なんだ。

あんなに苦しくて寂しくて、退屈な日々はもう……。

関係がなくなってしまうくらいなら、友達として、翔の理解者として、側《そば》にいたい。それに、心ちゃんのことが大好きだから、心ちゃんに幸せになってほしいとも本気で思っている。

そうするには、どうしても私という存在が邪魔になってしまう。

女の子はみんな、元カノという存在が一番嫌いなんだから。

元カノだからと翔に関わりすぎても、心ちゃんに嫌われてしまうだろうか。

私は奪ったりしない。ただ時々翔に会えて、時々心ちゃんを交えて楽しく話せるだけでいいんだ。

だから、今よりも翔に会う機会も、連絡する頻度も減らそう。

私は、心ちゃんを応援する。

最後に翔に会った日からずっと、何度もそう誓った。

なのに私は、その誓いとは裏腹に、こうして翔の面影を追いかけている。

写真も、トーク履歴も、手紙も、全部捨ててしまえ。捨てなければ、何も変わらないだろう。

全てを捨てられた時、きっと私は翔のことがどうでもよくなる。恋愛なんてそんなものだ。そうネットに書いてあった。

失恋の悲しみなんて、一時の感情の揺れに過ぎない。時間が風化してくれる。新しい恋が思い出を上書きしてくれる。

そうやって無責任なことばかり書いてあるネットの記事を見て、色々試してみたのに、もう一年以上も翔のことが忘れられない。

ようやく忘れられそうになった時、翔はまた私の前に現れた。

これはきっと運命だって、再会したあの日、私は心のどこかでそう思っていたんだ。でも、そんなにうまい話はない。

私が縁司《えんじ》くんとマッチしたように、翔だって他の女の子とマッチしている。しかもそれがあんなに可愛《かわい》い子だったら、諦めもつく。

私が、心ちゃんに勝てるわけないいんだから。

「はぁ……」

誰にも打ち明けられないこの悲しみを、ため息と一緒に吐き出せたらいいのに。

こんな思いをするくらいならいっそ、翔と初めから出会わなければよかった。

出会いさえしなければ、それまで通り翔のいない人生を楽しめていたのに。

もしも高校で、翔と出会わなかったら……。脳内で人生の番外編をイメージしてみる。

でも、上手《うま》く想像できない。

私はもう、翔のいない人生を想像することすらできないんだ。

でも、翔がもしも私と出会わなかったらどうだろう。

今頃、元カノという邪魔者がいなくなった翔はきっと、心ちゃんと付き合っているんだろうな……。

だとすれば、今よりもずっと仲良くなっていて、そこに私の入る余地なんてありはしないんだ。

結局、私はただ先に出会っただけの女ということ。

たとえ復縁できたとしても、きっとまた別れることになる。

私は一度失敗しているんだ。翔と恋人になって、合わなかったから喧嘩《けんか》ばかりになって、別れているんだから。

恋人なんて、大半が別れるものなんだから、どうせまた別れる。そうなればもう奇跡のような再会はない。

奇跡は二度も起きないだろうし。

恋愛なんてものは、終わりの始まりに過ぎない。私たちは、始まって、終わって、また始まって、また終わるだけ。

二度あることは三度あるって言うし、どうせ復縁したってまた終わる。だから、心ちゃんに譲ってしまえばいい。

翔と心ちゃんが付き合えば、今度こそ完全に終わる。だったら、さっさとこの大恋愛を終わらせて、次に向かう心の準備を整えよう。

そのためだからお願いだよ、私。勇気を出して、写真とトーク履歴を消して、手紙を捨ててよ。

自分に何度もそう言い聞かせて、諦める理由を作ろうとする。でも、踏ん切りがつかない。

なんて根性のない奴《やつ》だ。

少し指先で画面に触れるだけじゃないか、少し手を伸ばしてゴミ箱に放り込むだけじゃないか。

「嫌だよ……」

また一緒にご飯を食べたい。また一緒にテレビを観《み》たい。ただ隣を黙って歩くだけでもいい。

でも、その道を選べば誰かが傷つくことは避けられない。

私がこのまま我慢すればいいだけなんだ。それなら、傷つくのは私だけなんだから。

ベッドの上で横向きに丸くなって、大きめのクッションを強く抱きかかえる。一人で感傷に浸っていた私を呼び戻すように、スマホが震えた。

『もしもし、光《ひかり》ちゃん？』

「もしもし、どうしたの？」

声が震えないように、涙が零《こぼ》れないように、必死に取り繕って。

『明日、一緒にお買い物でもどうかなって……。来週翔くんと出かけるんだけど、洋服買いに行きたくて……。光ちゃんに一緒に選んでほしいの。……ダメかな？』

心ちゃんは何も知らない。だから、こうして残酷なことを言うのも仕方ない。

自分の好きな男に会いに行く美少女の服を選ぶなんて、辛いよ。

「うん、もちろんいいよ。服なら三宮《さんのみや》かハーバーランド辺りがいいかもね」

『ありがとう光ちゃん……！　うーん、どっちがいいかな』

「三宮からハーバーランドまでの道に、安いのにお洒落《しゃれ》で可愛いアクセサリーのお店知ってるから、そこ行くついでに両方行っちゃおっか」

『いいの？』

「もちろん！　じゃあ明日、お昼頃に三宮でいい？」

『うんっ！　ありがとう光ちゃん！』

電話を切って、大好きな心ちゃんとのデートが決まったというのに、ため息が出た。

心ちゃんのことが嫌いなわけじゃない。むしろ、大好きだから辛いんだ。

心ちゃんが嫌な子だったら、こんなに苦しむことなんてなかったのに。

私は、翔のことも、心ちゃんのことも好きだから、どちらも泣かせたくないんだ。

明日の電車の時間を調べながら、この三角関係を作り出して楽しんでいる恋愛の神様に内心で中指を立てておいた。


「光ちゃん……！」

約束していた三ノ宮《さんのみや》駅中央口のセボンイレボン前、私を見つけて嬉《うれ》しそうに駆け寄ってくる心ちゃんを見て、頬《ほお》が緩む。

なんて可愛い生き物なんだ。

この世界で一番白いワンピースが似合うのはきっと君だよ、心ちゃん。

「ごめんね、待たせちゃって……」

「ううん、私が早く着いちゃっただけだから」

七分袖の白いワンピースは、心ちゃんをいつも以上にお姫様のように輝かせている。まるで天使。こりゃ翔もハマるわ……。

「今日はね、いつも私が着ないような服が欲しくて、あと、アクセサリーも選ぶのが難しくて……」

「いつもはどの店で買うの？」

「店員さんが話しかけてくるから、いつも通販に逃げちゃうの……」

「なるほどね……。通販だとアクセサリーの色味とか、サイズとか、わかりにくいもんね？」

「うん、そうなんだ……」

「いつもと違う系統の服は、具体的にどんなのがいいとかあるの？」

駅からセンター街の方に向かって歩いている私たちを、周囲の人が見てくるのが伝わった。

自意識過剰などではない。実際見られている。そのほとんどが男性で、心ちゃんを見ている人もいれば、私を見ている人もいる。

それはきっと、今日の私の服装がタンクトップにシアーシャツだからだろう。

黒の短めスカートも相まって、肌の露出が多いから見られても文句は言えない。にしても見すぎだけど。

「私、いつもは可愛い服を選んでいるんだけど、光ちゃんみたいな綺麗《きれい》めファッションもしてみたいの！　お洒落だなって、いつも思ってて……」

「わ、私みたいな……？」

私って、そんなにお洒落なのかな……。

でも、翔と付き合っていた時はできるだけ新しい服を着てデートに行こうとしていたし、そのおかげでファッションには詳しいつもりだし、お洒落なのだろうか。

「私でよければ……。でも、その前に……」

「お昼ご飯、だよね？」

「えっ、正解！　さすが心ちゃん！」

「翔くんが言ってたよ、光ちゃんはいつもお腹空《なかす》いてるから、遊ぶ時はまずご飯に誘えばご機嫌になるって。ふふっ、言ってた通りだね」

「うっ……、翔のくせに……」

やっぱり翔は、私の一番の理解者だ。

このまま、今の関係でいるために、私は二人を応援するべきだと確信した。

「じゃあ行こっ！　なに食べる？」

「私、行きたいカフェがある！」

そうして心ちゃんと向かったのは、三宮からハーバーランドに向かう途中にある、お洒落な店が沢山並んでいる栄町通《さかえまちどおり》。

インテリアショップやアクセサリーショップやアパレルショップなど、お洒落になりたいならこの栄町通に来るべし、な通りだ。

神戸《こうべ》と言えばお洒落な街という印象があるけれど、神戸のお洒落な場所と言えばこの栄町通か三ノ宮駅から北上したところにある北野坂《きたのざか》をイメージする。

私個人のイメージというわけではなく、ネットで神戸観光と調べても大体このどちらかの写真が使われているほどだ。

その栄町通にある小さなビルの一室に、私の目的のカフェがある。

昼はカフェ、夜はバーのカフェ＆バーハンサム。

インスタで有名なカフェではあるけれど、実は一度も来たことがなかった。

本当なら、一年前に翔と来るはずだった場所。

お互いにカフェが好きだった私たちは、デートの度に新しいカフェを開拓していったり、三回に一度くらいのペースでいつものオムライスのカフェに行ったり。

そして、次はこのハンサムに来ようね、そう約束した私たちはこの場所に来ることはないまま、――別れた。

翔と別れてからの一年で、このカフェに来られるタイミングはいくらでもあったけれど、ここに翔以外の誰かと来ることで、完全に復縁の可能性が無くなる気がして避けていた。

でも、もう避ける必要もない。

だって私たちは、もう復縁の可能性なんてないんだから。

「ここ、私知ってるよ。インスタで見て一度来てみたかったの！」

「そっか、ならよかった」

ビルの四階にあるカフェまで階段であがって、三階にまで及んでいる列に並んだ。

ネットで調べたメニューを見ながら、列が進むのを待っていると、お恥ずかしながら待ちきれなかった私のお腹が叫び出した。

「よかったらこれ、食べる？」

「えっ、ご、ごめんね。ありがとう」

心ちゃんが茶色の可愛《かわい》らしい革ショルダーバッグの中からチョコレートを取り出して、微笑《ほほえ》んだ。

恥ずかしいけど、このまま階段に私のお腹の音を反響させ続けるのは並んでいる人に申し訳ないし、貰《もら》っておくことにした。

「翔くんがね、光ちゃんと一緒に居る時はいつもおやつを持っているって言ってたの。光は食いしん坊だからって、呆《あき》れてたよ？」

「へっ、へ～。アイツ、そんなこと言ってたんだ。なんか……、ムカつく」

「でも、光ちゃんのことよくわかってて凄《すご》いよね」

「そう……、だね」

私でも気付けないことまで、翔は知っていた。

翔とデートしていた時、私のお腹が鳴ることがほとんどなかったのは、きっとお腹が鳴る前に翔が私のお腹の空き具合を察して、おやつをくれていたからだろう。

心ちゃんと話しているとあっという間に並んでいる列は進んで、私たちは窓際の席に着いた。

神戸の中でも私の好きな栄町通。その景色を四階から眺めながら食事ができるとは、ラッキーだ。

「私はキッシュセットで、ドリンクがアイスカフェラテ、食後にレアチーズもお願いします」

「光ちゃん、慣れてる……！　じゃ、じゃあ、スモークサーモンのクリームソースパスタセットで、オレンジジュースと、私も食後にレアチーズをお願いします……！」

「かしこまりました」

店員さんが離れてから、胸を撫《な》でおろした心ちゃん。翔の話だと最近ではもうほとんど人見知りじゃなくなってるって感じだったはずだけど……。

「こういうお洒落な場所は、緊張するね……」

「ごめんね、今度からファミレスとかの方がいい？」

「ううんっ、光ちゃんや翔くんのおかげで、普通に注文するくらいならできるようになったし、平気！　最近美容院でも、美容師さんと日常会話くらいならできるようになったんだよ」

「そっか〜。頑張ったんだね、偉い」

「えへへ〜」

頭を撫でると、まるで犬が尻尾を振っているような幻覚が見えた。なんだこの可愛い生き物。

「ここのレアチーズ、インスタでよく見るよね」

「そうだね。ガーゼに包まれていて、イチゴジャムと一緒に食べると美味《おい》しいらしいよ。念願だったから、ようやく食べられるのが嬉しい」

「翔くんと来たことはなかったの？」

「うん、ないよ」

「そうなんだ。翔くん、光ちゃんとはよくカフェ巡りしてたって言ってたから、一緒に来たことあるのかと思ってた」

本当なら、来る予定だった場所。

でも、もう翔と二人で来ることはないだろう。

来ることがあっても、翔と二人で来るのは、心ちゃんだ。私じゃない。

悲観的になるな。明るい気持ちで心ちゃんを応援してあげなくちゃ、心ちゃんだって私の気持ちに気付いたら罪悪感を懐《いだ》いてしまうかもしれない。

数分、心ちゃんと話していると、食事が届いて。

「キッシュ、美味しそうだね」

「心ちゃんのパスタもいいね。ちょっと交換しよ？」

「もちろんっ」

男の子は食べ物の共有を嫌がる人が多いけれど、女の子は共感する生き物だからだろうか、みんな嫌がることはない。

心ちゃんと遊ぶ時も、大体食べ物を共有して感想を言い合ったりする。

こうして楽しめる友達ができたのは、翔と再会したからだ。

だったら、それだけでいいじゃないか。翔と再会した意味は、心ちゃんと仲良くなることだったんだと割り切ればいい。

翔と再会したのは、翔とやり直すためじゃない。心ちゃんと仲良くなるためだ。そうだ。

だから、さっさと翔のことなんてどうでもいいと思えるようになってしまえ。

「ん〜っ！　キッシュ、ありがとう！　とっても美味しいよ！」

ほら、こんなに可愛い子と友達になれたんだから、もう充分だ。

「心ちゃんのパスタも美味しい！」

お互いに渡し合った物が手元に帰ってきて、私が食べ終わってから一〇分後くらいに心ちゃんも食べ終わる。

私の食事の早さに、心ちゃんが「翔くんの言ってた通りだ」と嬉《うれ》しそうに口元を右手で覆って微笑んだ。

その所作一つ一つが男の理想を体現していて、女なのに私まで魅了される。

こんなに可愛い子が相手だったら、負けたって仕方ないよね。

「光ちゃん、この後はどこに行く？」

「ん～、服を見るならハーバーランドにあるウミエってショッピングモールだけど、その前に栄町通の店もいくつか見て行こっか」

「うんっ」

カフェでお会計を済ませて、私たちは栄町通を歩き始めた。

目的のアクセサリーショップは、二階が雑貨屋とカフェになっていて、一階のアクセサリーショップでは多くのパーツの中から自分好みの組み合わせでアクセサリーを作ることもできる。

でも今回は出来上がっている売り物を買おうということになって。

「これ、光ちゃんに似合いそう！」

「そう？　じゃあ着けてみよっと」

「ほら、やっぱり似合うよ！　今の大人っぽい服にも合うし！」

透明で縁《ふち》がゴールドの幅四センチほどのブレスレット。心ちゃんは自分の買い物をしにきたことなど忘れているのか、私にアクセサリーを薦《すす》めて喜んでいる。

「心ちゃんが言うなら、買っちゃおうかな〜」

「うんっ。高そうに見えるのに一二〇〇円だって！　良い買い物だね！」

初めて出会った時の心ちゃんと比べると、随分打ち解けてくれた。そんな無邪気に笑う姿を見ていると、やっぱりこの子の恋愛を邪魔したくないなと思う。

「心ちゃん、自分の買い物忘れてない？」

「あっ……」

目が合って、ただそれだけなのになんだか楽しくなって。

「ふふふっ、そうだったね、私のを選んでもらうんだったね」

「ちょっと心ちゃん〜、ははは〜」

なんだこの幸せな時間。

「心ちゃんは多分ブルベ冬だから、シルバーのアクセサリーがいいよ」

「凄い、見ただけでわかるの？」

「友達のパーソノルカラーとか何人か聞いて、なんとなくわかってきたってだけだよ。ブルベ夏が多くて、イエベ秋も多いかな。ブルベ冬はあんまりいないけど、芸能人とか、モデルさんとか、美人に多いカラーだから、心ちゃんも見た感じそうだと思う！」

「友達いなかったから、そういう情報共有できるのが羨しかいなくて知らなかった……」

「大丈夫。これからは私が教えてあげるからね」

「うんっ、ありがとう光ちゃんっ」

　店内はほとんどが女性で、中にはカップルで来店している人たちもいる。彼女が隣にいるのに、その男たちがこぞって心ちゃんの方を見ていた。

　わかるよ、私も君たちの立場ならきっと目を奪われていただろうし。でも隣の彼女さん怒ってるからやめた方がいいかもね。

　心ちゃんはネットで依頼を受けてイラストを描き、その報酬をもらっているらしい。その報酬とお小遣いで、今日は買い物を楽しむみたいだ。

　イラストでお金を稼げるレベルって、本当に凄い。私みたいに食べる以外趣味のない人間からすれば羨ましいことこの上ない。

私にも、夢中になれるものがあればいいのに。

過去に一度でも夢中になったことがあっただろうか……、そう考えて、真っ先に思いつくのは翔のことだった。

たしかに、私の人生で翔は一番夢中になった人だけど、本当にこんなことで忘れられるのかな。

心ちゃんは私が薦めたシルバーアクセサリーを、ブレスレット、ネックレス、イヤリングと買って、満足そうに微笑んで店を出た。

「私普段はアクセサリー着けないから、楽しみっ。翔くん、気付いてくれるかな〜」

「どうだろ、気付きはするだろうけど、きっと翔は口には出さないんじゃないかな……。あっ、でも最近縁司くんと関わって少しだけ女心わかるようになってきたみたいだし、もしかしたら……」

「光ちゃん、翔くんの話してる時楽しそうだね？」

「えっ、そ、そんなことないって！　ただ翔が更に可愛くなった心ちゃん見てどんな反応するのかなって！」

心ちゃんは視線を少し下げて、悲しそうに微笑《ほほえ》んだ。私には、その微笑みの意味はわからなかった。

「今日はありがとう。おかげで可愛《かわい》い服も見つかったよ」

「ううん、私こそ試着室で色んな心ちゃんを見られて幸せだったよ～」

「もうっ、覗《のぞ》かないでって言ったのに……！」

「いいじゃん、女同士なんだし！　それに、抱きしめるのは我慢したんだから褒めてもいいと思うんだけど？」

「ふふっ、ダメです。光ちゃんってなんだか天に似てる」

「え、どこが？」

天ちゃんは心ちゃんとほとんど同じ顔をしているし、私なんかが似ているはずがないのに。

「んー、私のことずっと可愛いって言ってくれるところとか、ちょっぴりえっちなこと言うところとか……？」

「あー、でも心ちゃんが悪いんだよ。心ちゃんには女の子ですらエロオヤジにしてしまう魅力があるんだから」

「えろおやじ……、ふふふっ」

買い物を終えてスタベで買ったドリンク片手に海沿いのベンチに座って話している私た

ちを夕陽《ゆうひ》がオレンジ色に照らす。

心ちゃんの横顔が美しすぎて泣きそうになりつつ、なんだかんだ私も何着か買ってしまった服を抱えて。

これを着てどこに行こう、これを着て誰に会おう。

大学の友達と遊びに行ってもいいし、選んでくれた心ちゃんと遊ぶ時に着るのもいい。

男の人と出かけるのも、いいかもしれない。

翔のことはもう諦めると決めたんだから、最近ではめっきり使わなくなったコネクトで新しい人と出会って、その誰かとのデートで着ていくのがいいかもしれない。

私はこれまで翔のことしか好きになれなかった。

でもそれは、そもそも恋愛しようとしていなかったからというのもある。

翔に出会って、気付いたら好きになっていて、恋愛の楽しさを知った今なら、すぐに他の誰かを好きになれる。

きっとそうだ。だから、切り替えよう。

「光ちゃんに選んでもらった服、結局いつもの私っぽい服になっちゃったね」

心ちゃんには私っぽい服という注文を受けたけれど、心ちゃんにはやっぱりいつもの心ちゃんらしい服が良く似合う。

清楚《せいそ》で、上品で、綺麗《きれい》なんだけど可愛さもある、天使のような心ちゃん。きっと翔だって、私みたいな心ちゃんよりも、いつもの心ちゃんの方が好きだろうし。

「心ちゃんはワンピースとか、カーディガンとか、そういうのが一番似合うよ。あと、できるだけ肌を露出しない方がいいね」

「どうして？」

「私以外に見られたくない！　心ちゃんは私の天使！　心ちゃんしか勝たん！　最推し！　尊い！　俺の嫁！」

「光ちゃん私のオタクだったの……!?」

「いえす、まいえんじぇる」

「ふふっ……」

親指を立てて歯を見せると、心ちゃんが右手で口を押さえて笑った。

そういえば、翔が言っていたな。私の好きだったところは、笑う時に両手で口元を覆うところだって。

そんなに細かいところまで見ていたなんて、思ってもいなかった。アイツ、キモイんだけど……、本当に。

「心ちゃん、翔は笑う時両手で口元覆う子が好きらしいよ」

「え？」

「あと、階段降りる時最後の二段だけジャンプする子も」

「そうなんだ……」

　あとは、下手くそなくせに料理頑張る子とか。でも、心ちゃんは私と違って料理が得意だから関係ないか……。

「美味《お い》しそうに食べる子も、好きだって言ってたよ」

「…………」

「翔自身のことは、猫が好きなのと、三度のご飯より三度寝が好き。本人は認めないけど、お爺《じい》ちゃんのこと大好きで、昔はよくお爺ちゃんの話ばっかりしてたな～。アイツ、昔から不愛想で友達少なくてね、お爺ちゃんが遊び相手だったの。だからだろうね～、ふふっ。あと、口は悪いけどツンデレしてるだけだから、本心を見抜いてあげないといけない面倒なところもあるの。心ちゃんならきっと大丈夫！　翔の実家に行くことがあったら、お爺ちゃんに気を付けてね。私は大丈夫だけど、フレンドリー過ぎて人見知りにはちょっと辛《つら》い人かも。良い人だから心配することもないけどさ～。あっ、あとね、翔って猫背猫舌猫好きだから、熱い物口に入れる前にフーフーしてあげると顔赤くして喜ぶよ。アイツ意外とチョロいからね～。それに――」

心ちゃんを置き去りにして、話し込んでしまった。

これじゃあ翔のことを全然忘れられていないじゃないか。

隣に居る心ちゃんに呆《あき》れられていないか心配して見てみると、心ちゃんはさっきも見せたような悲しそうな微笑みを浮かべていて。

「ごめん、なんか一気に話しちゃった……」

「ううん、いいの」

首を振るだけで、私に目を向けようとはしない。

「……光ちゃんに聞きたいことがあるの」

「聞きたいこと……？」

段々夕陽も沈んで、辺りが暗くなっていく。

コンタクトをしてくるのを忘れていたせいで、せっかくの綺麗な心ちゃんの表情がよく見えない。

心ちゃんは一呼吸置いてから、持っていたソイラテを一口。

何かを言い辛そうにしているのを察して、さっきまでの楽しい雰囲気が一変した。

少し気まずくも感じるその空気に耐えかねて、何か言おうと私の口が少し開きかけた時、心ちゃんは私の目を見つめて言った。

「光ちゃんって、――今でも翔くんのこと、好き？」

「――え」

心ちゃんから言われると思っていなかった言葉に、一瞬固まってしまう。

固まってちゃいけない。ちゃんと否定しないと。だって、心ちゃんは私が翔を好きだと知ればきっと自分から身を引いてしまうんだから。

心ちゃんに気を遣わせたくない。

「そ、そんなわけないじゃん！　普段の私たちの会話聞いてたらわかるでしょ⁉　私と翔は水と油！　相容《あいい》れない二人なんだよ！　だから別れたんだし！」

「……そうかな？　私には、二人はお似合いに見えるよ？」

「ははは、そんなわけないじゃん！　お似合いなら別れてないし！」

大丈夫かな、今の私。

動揺した表情してないかな。ちゃんと否定できてるかな。――上手《うま》く嘘《うそ》を吐《つ》けているかな。

「私はね、翔くんが好きだよ」

「……それくらい見てればわかるよ。翔以外のみんな気付いてると思うし……」

「うん。私も、きっとバレてるんだろうなって思ってた。それくらい、私の翔くんに対する気持ちが表に出ちゃってるんだよ」

それだけ、心ちゃんは翔のことが好き。だからもしも私が翔を好きなら、諦めてほしいってこと？

いいや、心ちゃんはそんなこと言う子じゃない。

「でもね、光ちゃん」

心ちゃんは、そんなことを言わない。だから、今言おうとしているのは、違うことで。

「――それは、光ちゃんもなんじゃないかなって」

「……そんなわけ、ないよ」

「だって、いつも光ちゃんは翔くんの話を楽しそうにするんだもん。私が、翔くんのことを考えている時と同じなんだもん。どうして、隠そうとするの？　私たち、友達じゃないの？」

どうして、そう聞きたいのは私の方だ。

私の気持ちを察したとしても、私が隠しているんだから、隠す理由があるんだよ。

この気持ちがバレてしまえば、失うものが沢山あるんだよ。だから隠すんだよ。なかったことにするんだよ。友達の少ない心ちゃんには、わからないよ。……って、何考えてるの私。あぁもう、私最低だ。

「光ちゃん、私ね、翔くんももちろんだけど、光ちゃんのことも大好きなの。ずっと一緒がいいの。だから、光ちゃんが辛いのは、嫌」

強く私を見つめて、私の手の甲に自身の手を重ねた心ちゃんは、あの人見知りの心ちゃんではない。

芯のある強い眼差《まなざ》しだけじゃない。いつも若干震えている声も、今までにないくらいに揺れがなくて、重ねられた手にも震えを感じない。

小動物のように可愛いのに、こういう時はまるでお姉ちゃんみたいに感じる。

心ちゃんって、こんなに心の強い子だったんだ。

「もしも光ちゃんが、本当は翔くんが好きなのに、私のために身を引こうとしているなら、やめて。……私はそんなの、全然嬉《うれ》しくない」

全て見透かされているようだ。

心ちゃんはもう、私の気持ちに気付いている。

嬉しくない。そんなはっきりと否定されることは今までなかったし、心ちゃんらしくないけれど、心ちゃんらしくもある。

素直で、優しくて、嘘なんて吐けない正直な子。

私とは、違う。

「私は別にそんなつもりはないよ。ただ、翔は長く付き合った人だから、初恋の人だから、幸せになってほしいって思ってるだけ。その相手が心ちゃんならいいなって、そう思ってる。だから応援してるの」

もう、決めたんだ。

この嘘は墓場まで持っていく。誰にも打ち明けないし、死ぬまでずっと翔のことを好きでいるつもりもない。

嘘を嘘じゃなくすればいい。誰かを好きになる。簡単なことだ。

「本当に、光ちゃんはそれでいいの？」

「いいんだよ。私はそれがいいの。二人が一緒に笑って、それを隣で見ていられたら、それが私にとっての一番なの」

だって、それが誰も不幸にならない唯一の方法でしょ？

私が我慢すればいいだけの話でしょ？

たったそれだけ。たった一人の人を諦めれば、残りの全てが上手くいくんだから。

「私は、それが光ちゃんの本心だとは思えない。実はね、私二年くらい前に翔くんと出会ったの。翔くんは憶《おぼ》えていなかったけど、私はずっと憶えてた」

それはきっと、大学入試の時。それから、入学式。

あの漫画はやっぱり実話だったんだ。

どう見たって、あの時の男の子は翔で、女の子は心ちゃんだった。

「でもその頃、翔くんはまだ光ちゃんと付き合っていた。だから私、諦めようと思ったの」

心ちゃんはそこで一度、ソイラテを飲んだ。

少し涙目にも見える心ちゃんと握り合う手が、少しだけ震え始めた。

「またいつかこんな人に出会えたら、その時はその人に見合うような女の子になっていようって、変わるために沢山努力した。お洒落《しゃれ》も勉強して、メイクも色んな動画で見て試してみて、筋トレして姿勢が悪いのも直して、コンビニの店員さんに挨拶してみたり、人見知りを克服するために色々実践してみた。マッチングアプリを始めたのだって、人見知りを克服するためだった。でもね……」

心ちゃんは、綺麗《きれい》な瞳から大粒の涙を一つ零《こぼ》して、震える声で続ける。

「ずっと忘れられなかったの。翔くん以外の誰かじゃダメだったの。名前も知らないのに、まともに会話もできなかったのに、二年もただ眺めているだけだったのに、認知もされていないのに、彼女がいるってわかってたのに、それでもずっと翔くんが好きだった。光ちゃんと翔くんが再会して、翔くんが楽しそうに光ちゃんと話してるのを見て、光ちゃんが翔くんの話を楽しそうにしてるのを見て、私って邪魔者だなって、脇役だなって、それでも私は、翔くんが好きだったの」

話しながらどんどん涙が溢《あふ》れてくる心ちゃんを見て、どうしてそんなに泣くんだろうって思った。でも、そんなことを考えている自分だっていつの間にか涙を流していて。

私は、何に涙しているんだろう。

「私がそうだったんから、わかるよ」

「……なにが？」

「光ちゃんも、──私と同じでしょ？」

心ちゃんの涙に当てられて泣いているのかもしれない。そう思っていたけれど、それは違った。

私は、心ちゃんの気持ちを聞いて、それがまるで私の気持ちを代弁されているように感じていたんだ。

「友達と同じ人を好きになっちゃうのって、辛《つら》いね」

涙を拭いながら、そう言った心ちゃん。もう私が翔を好きだと確信している言い方だ。

そうだけど、そうじゃない。

私は、この気持ちを隠し通さなければいけないんだから。

「私の涙は、もらい泣きだよ。別に翔が好きなわけじゃない」

「光ちゃん……」

「仮に私が翔を好きだとして、翔も私を好きだとして、それでどうなるの？　私たちは一度付き合って、喧嘩《けんか》ばっかりして、別れたんだよ？　きっとまた同じことになるんだよ。そしたらまた何もない日が戻ってくる。それは絶対に嫌なの。翔とは友達でいい。心ちゃんとも恋敵になんてなりたくない。仲良くしていようよ……。私は二人とこれからも一緒にいるだけで充分なの。翔を独り占めしたいなんて、思ってないし、したくない」

「私は、光ちゃんと翔くんが付き合って、私がフラれても、友達だと思ってるよ。その時はちゃんと応援する。それじゃダメなの？」

心ちゃんは、強いね。

私には、今まで通り仲良くできる自信がない。

翔と心ちゃんが手を繋《つな》いで歩いているところも、ハグをするところも、キスをするとこ

ろも、見ていられない。

私って、重いのかな。

「何度も言ってるけど、そもそも私は翔を恋愛対象として見てないよ」

沈みかけだった夕陽《ゆうひ》はいつの間にか完全に沈んでいて、辺りは街灯とわずかな月の光だけになっていた。

「さあ、そろそろ帰ろっ。家に夕食あるし、食べて帰るって連絡するにはちょっと遅いからね。心ちゃんも、夜は肌寒いし風邪ひかないうちにさっ」

涙を拭って、笑顔で立ち上がった。

私が心ちゃんにこんな顔をさせてしまったのは、私が気持ちを隠し切れなかったからだ。

私のせいで心ちゃんが気を遣って、悲しんで、辛い思いをした。

ごめんね、もう絶対にそんな顔させないから。

「翔くんはきっと、私の気持ちには気付かない。だから私……」

立ち上がった心ちゃんは、泣いた跡が残る少し赤くなった目を向けて。

「——好きだって、伝えようと思う」

ダメだ、気持ちを悟らせるな、表情に出すな。

「そっか〜。うん、それがいいよ。翔って超鈍感だし。自覚なしってところがヤバいし。ちゃんと口に出しても変に勘違いする可能性すらあるから、何か確信させるアクションがあってもいいかも。……応援してるね」

「止めても、やめないよ。決めるのは翔くんだから。もしも翔くんが先に告白してきた方と付き合おうって考えてたら、光ちゃんはもう遅いんだよ？　本当にいいの？」

そんなことを言って私を試そうとしなくてもいいよ。

私はもう、何もするつもりはないんだから。

「心ちゃん、私から言うことは一つだけだよ。応援してる、それだけ」

「後悔しない？」

やめて。

「しないよ」

「悲しくない？」

わざわざ聞かないで。

「何が？　逆に嬉しいよ？」

「思い出さない？」

表情を作り続けるのが、辛いから。

「ないない！」

「どうなっても、これからも仲良くしてくれる？」

「当たり前じゃん。ずっと友達だよ」

もしも二人が付き合えば、私は二人を見続けることができるだろうか。

正直、自信はない。

「私JRだけど、心ちゃんは？」

逃げるように、話を切り上げて駅の方向を指さして。

「……阪急」

「じゃあここでバイバイだね」

「……」

「こらこら、そんな暗い顔しないの。私は本当に違うから、何も気にすることはないんだよ」

「でもっ……！」

「はい。この話はもうお終《しま》い。ほら、これからも仲良くするんでしょ？　じゃあ明るくバイバイしようよ。ね？」

「うん……」

「じゃあね、バイバイ」

笑顔で手のひらを見せても、心ちゃんは少し俯《うつむ》きがちで私を見ていない。

これ以上は見ていられなくて、返事を聞く前に歩き出す。

背中に向かって、小さく呟《つぶや》くように心ちゃんが名前を呼んできたけれど、聞こえないフリをしていつもより少し早歩きで駅に向かって歩いた。

これでいいんだ。これで、泣くのは私だけで済むんだから。

堪《こら》えていた感情が爆発するように、心ちゃんに背中を向けたと同時に涙という形で溢れ出てくる。

それを後ろから見ている心ちゃんに気付かれないように、拭うことはせずに流れるままにした。

しばらく歩いて角を曲がった瞬間、その場にへたり込んだ。

心ちゃんはもう帰っただろうか、こんなところ見られたら大変だ。すぐに立たないと。すぐに涙を拭かないと。

そう考えていると、スマホが鳴った。心ちゃんからだった。

『気を付けて帰ってね。また遊ぼうね』

色んな感情がごちゃごちゃになって、どれに対して流れている涙なのかもわからない。

でも、今は誰も見ていないことを確認したら、ブレーキが利かなくなった。

涙でぐちゃぐちゃになった顔が、ロックしたスマホ画面に映った。酷《ひど》い顔だ。

眉間も口も歪《ゆが》んでいて、メイクも少し落ちている。泣きすぎてもう目がパンパンに浮腫《むく》んでいるし、こんな顔誰にも見せられないや。

『うん！　心ちゃんも気を付けて帰ってね！』

表情や胸の内とは真逆の、明るい返事をした。

こんなところでへたり込んでいたら服が汚れてしまう。誰か人が来たら心配するだろうし、早く立たなきゃ。

重い腰を上げて、ひとまず落ち着こうと近くにあったベンチに腰掛ける。

「はぁ……」

ため息を吐《つ》きながらポケットからハンカチを出して涙を拭いて、さっきからうるさい胸の鼓動を落ち着かせる。

「…………よしっ」

真っ黒なスマホの画面を鏡のように使い、自分の顔がさっきより少しマシになっているのを確認してから立ち上がろうとした時、スマホの画面が光って、同時に振動する。

電話だ。

画面には、『翔』と表示されている。

翔から電話なんて珍しい。翔は電話もLINEも苦手だし、付き合っているころから用件がないとかけてくることはなかった。

何か、私に用があるのか。

翔のことだし、十中八九あるだろう。でも、今この電話に出れば、私はきっと諦めることができなくなる気がして。

心臓がうるさく鳴ったまま数秒が経《た》った時、翔からの電話が止《や》んだ。そして、一〇秒もしないうちにLINEがくる。

『今どこにいる？　ちょっとメシでも食わねーかなって』

翔からご飯の誘いとは、珍しい。

『家にご飯あるから、無理』

これでいい。実際家にご飯あるだろうし、今翔に会うのは絶対ダメだ。

気持ちを抑えられる自信がないし、メイクも落ちてるし、浮腫みで酷い顔に……って、なに翔に可愛《かわい》く見られようとしてるのよ。

そうか、いっそのこと会ってしまえばいい。

こんな酷い顔の時に会って、不愛想にしてれば翔は私に一切興味を持たなくなるだろう。そうすれば、身近に心ちゃんという可愛い子がいるんだし、より二人の関係が進むかもしれない。

そんな私の思惑を叶《かな》えようとしているかのように、翔から返事がくる。

『じゃあ普通にちょっと話さないか？』

私は洟《はな》を啜《すす》ってから両手で頬《ほお》を叩《はた》いて返事をした。

『どこ行けばいい？』


私と翔が通っていた高校は、翔の実家の近くにあった。私はよく翔の家に泊まって、一緒に登校したりしていた。

あの時からいくつか私の荷物を置いていて、翔と喧嘩《けんか》して、別れるってなって、どうせまたすぐに仲直りするだろうからって、荷物も置いたままで。

結局そのままお互いに謝ることができなくて、自然消滅のように、別れが現実になっていった。

あの時置きっぱなしにしていたのはなんだったっけ。

確か、スキンケアセット……いや、スキンケアは翔のを借りていた。ああ、思い出した。

下着と、コンタクトケースとコンタクトの洗浄液だ。

パジャマは翔のを借りていたし、それだけだったと思う。

「はぁ……、お気に入りだったんだけどな……」

今更私の下着返して、なんて言《い》い辛《づら》いし、今の関係上、下着の話とかしたくない。……翔、私の下着で変なことしてないよね？

翔の実家と通っていた高校のちょうど中間辺りにある小さな公園、漕《こ》ぐわけでもないのにブランコに座って、小さく揺れながら空に浮かぶ月を眺める。

今夜は満月か。満月の夜、二人でした会話を思い出すな……。

満月って饅頭《まんじゆう》みたいだなって私が呟いたら、翔はバカにしてきた。黄身だろって。そんなの人それぞれの感覚あるじゃんって、また喧嘩になって。本当にくだらないことで喧嘩してたな……。

「ふふっ」

学校の帰り道、よくここで買い食いした。

公園の入り口を偶然通ったクラスメイトに『公園で変なことするなよ？』って揶揄《からか》われて、隙さえあれば手を繋《つな》ぎたいって考えていたから、図星を突かれて顔が熱くなった。

翔も同じ反応をしていたから、……そういうことだろうな。

「……可愛いところあるじゃん」

付き合ったのも、この公園だった。

――付き合うか？

なんで疑問形なのって今なら思うけど、当時は嬉《うれ》しくて、涙が出そうなくらい、飛び跳ねたくなるくらい喜んでいた。それを悟られないように必死だったな。

そうやって、普段は感情が表に出ちゃうのに、愛情表現だったり、好きって言葉は出せない。

そんな私を彼女にしたら、翔はきっと本当に好かれているのか不安になったりもしたかもしれない。でも、それはお互い様だから文句は言わせない。

「ばーか」

自分以外誰もいない公園で、ブランコに座りながら一人でブツブツ呟いている今の私、普通に通報案件だな……。

もう黙ろう、そう決めた時、公園の入り口からかかとを擦りながら歩く音が聞こえてきた。この怠《だる》そうな歩き方は間違いない。

「おう」

「よっ」

泣いて泣いて泣き散らして浮腫んだこの顔を見せようと思って来たのに、翔から見えないように顔を少し傾けた。

思えば、この公園のベンチには街灯が当たっている。なのにわざわざこのブランコを選んでいる自分が情けない。

結局、このだらしない顔を見られたくないんじゃないか。

「あれ、今日どっか行ってたのか？」

翔は私の服装を見て言った。

バイト帰りでも、呼ばれたから家から適当な服で来た、ってわけでもないくらいに今日はお洒落《しゃれ》しているし、不思議に思ったんだろう。

「心ちゃんと遊んでたの。ちょうど心ちゃんとバイバイした後に、翔から連絡が来たから」

「あー、なるほどな。どこ行ったの？」

近づいてきて、私の隣、街灯の当たらないブランコに座った。

「んー、買い物とか」

「ふーん。服とか？」

「うん、あとアクセサリーとかね。……心ちゃん、色々買って可愛くなったから、見てあげてね」

「心さん普段アクセサリーとか着けないのに、珍しいな」

「……よく見てるのね？」

「いやそりゃまあ……。平日は毎日一緒に昼飯食ってるし」

「いいね。楽しそう」

「楽しいよ」

楽しいですか、さようでございますか、よかったですね。

「最近、心ちゃんとはどうなの？」

「どうって、何が」

何って、聞かなくてもわかるでしょ。というか、説明させないでよ。本当は聞くのだって辛いのに。

「仲良くしてるの？」

「まあ、光ほどじゃないのかもしれないけど、それなりに」

「あっそ」

「聞いといてつまんなそうに返事すんな」

「はいはい、ごめんごめん」

「反省の色が見えない」

「天ちゃんは？　相変わらず嫌われてる？」

「それが、なんだか最近変なんだよ。ちょっと優しくなったし、なんなら話してて笑うんだよ」

「私にはずっとニコニコだけどね」

「いいよな、俺もう噛《か》みつかれたくないよ」

天ちゃんは心ちゃんの忠犬だし、翔のことは目障りで仕方ないだろうな……、というより番犬に近いか。

「あっ、そういや最近縁司の家によく楓《ふう》さんが来てるんだよ」

「えっ、なになに、あの二人付き合ったの？」

「いやそれがさ、泊まって、合鍵渡して、楓さん残して縁司家出てたりすんだけど、付き合ってはないらしいんだよ。ありえねーよな⁉」

楽しそうに私の方に顔を向けた翔が、あの頃の、付き合っていた頃の翔と同じように笑っていた。それを見るのが辛くて、頬杖《ほおづえ》をつくフリをして翔側の顔半分を隠した。

「いやーそれ付き合ってるでしょ。言わないだけで」

「それが、縁司が言うには楓さんが寝る時はソファで寝ろって一緒にベッドには入れないらしいんだよ」

あれ、縁司くんの家なのに。

「ほな付き合ってるんと違うか〜」

「おっ、ミルクボーイ。さすが、わかってくれるか」

「翔と付き合ってる時、嫌ってほど漫才ばっかり見せられて、私もハマったの。最近のイチオシはオズワルドね」

「オズワルドいいよな！　面白過ぎて脳溶けちゃうよー！　って！　ははははっ」

翔はお笑いが好きでよく見ていた。好きだと言うくせにほぼ無表情でじっと見つめている。集中していると言っていたけれど、本当に楽しめているのだろうかといつも思っていた。

こうして楽しそうに話している姿を見ていると、本当に好きなんだなとわかる。なんか、可愛いな。

楽しそうな翔を見ていると、さっきまで暗かった心が晴れたように感じた。それが嬉しくて、気付けばブランコを漕ぎだしていた。

「うわっ、久々に乗ったら楽しい！」

「じゃあ俺もっ」

二〇歳にもなって元恋人同士でブランコを全力で漕ぐのがなんだか可笑《おか》しくて。

「あはははっ！　なにやってんのこれ！」

「ははは、わかんねー！　でも楽しいしいいじゃん！」

高校生の時も、こうだったな。

後で思い返せば何が面白いのかわからないことで、ずっとバカみたいにケラケラ笑ってた。

友達にその時のことを話しても、なんで笑ってたのって聞かれて、私もよくわからないって。

今ならはっきりとわかる。何かをしていたから楽しかったんじゃない。翔といたから楽しかったんだ。

あの頃は、ずっと続くと思ってた。

あの頃は、悩みなんてなかった。

あの頃は、毎日笑えてた。

考え方を変えよう。三年以上もそんな時間を貰《もら》ったんだから、私はラッキーなんだ。

その貰いすぎたラッキーを、神様に返す時が来たんだ。

今日、今ここで、こうして笑えたんだ。

この楽しかった思い出を最後に、新しい人生をスタートしよう。

「は～、ブランコとか久しぶりに乗ったわ。滑り台とかも楽しめるのかな」

「滑り台はさすがに無理でしょ。そもそも滑れるの？　結構狭いわよ？」

「いけるいける！」

無邪気に笑って滑り台の方に走っていく翔が、走っている途中でポケットからスマホを取り出して、立ち止まる。

「どうしたの？」

「心さんからＬＩＮＥ」

翔がそう言いながら、そのＬＩＮＥを見ようとトーク画面を開いた。

覗《のぞ》こうとか思ったわけではない、ただなんとなく近づいたら見えてしまっただけだ。見えてしまってから、後悔した。

心ちゃんからって聞いて、想像できたはずだ。

『来週の土曜のデートで、翔くんと観《み》たい映画があるんですけど、よければ一緒に行きませんか？』

その一文を見て、察した。

来週の土曜、心ちゃんは翔に告白するんだと。

「翔、私そろそろ帰るね」

「えっ……」

今日は翔の方から呼び出してきた。きっと何か私に言いたい事があったんだろう。

その内容がもしも、私の脳裏を過《よぎ》った言葉なら……、心ちゃんはどうなる。

いや、そんなわけない。自意識過剰だ。

「ちょっと待てよ」

「無理！　今お母さんからＬＩＮＥきて、ご飯もうできてるって言われたから！」

そんなＬＩＮＥはきていない。でも、早くここから逃げ出したかった。

また、感情が表に出てしまう前に。

「……わかったよ。じゃあこれだけ着て行けよ。さっきから寒そうだし、顔色あんまりよくないから」

そう言って背中を向けている私に、着ていた、生地が分厚めのパーカーを羽織らせてくれる翔。

顔色が悪いのは寒いからじゃない。でも、そういうことにしないと。

翔が鈍感でよかった。浮腫《むく》みと泣いた跡を寒いからだと勘違いしてくれるから。……鈍感というか、バカなのかな。

「ありがとう」

今自分がどんな顔をしているのかわからないから、背中を向けたままで。

「おう」

いつもならうるさい腹の虫も、今日は一切その存在を主張してこない。

「返すのは別にいつでもいいからさ」

「うん」

やめてよ。

「じゃあな……、夜道気を付けろよ」

「うん」

だからそういうの……、やめてよ。

「風邪ひくなよ」

「うん」

翔のことなんてどうでもいいって、思いたいのに。

「……またな、おやすみ」

「うん」

やめてよ、付き合ってた時みたいな、そんな優しい声で話さないでよ。

優しくしないでよ。

もう会わない。もう好きじゃない。もうこれで終わり。今度翔に会うのは、この季節外れに分厚いパーカーを返すのは、この気持ちと完全にお別れできた時にしよう。

だから、それまでは――。

「……――さよなら」

エピローグ　想《おも》いは伝えないとずっと後悔する。

『今日は楽しみにしています』

メッセージの後に、ウサギが祈るように両手を胸の前で組んでいる可愛《かわい》いスタンプが送られてくる。吹き出しには「楽しみ♡」とハート付きで書いてある。

心《しん》さんらしいセンスのスタンプだ。

『俺も楽しみにしてます。一二時に三ノ宮《さんのみや》駅の中央口前セボンイレボンで』

『はい！』

今日は心さんとデートだ。

まずは昼食を食べて、その後は一緒に映画を観ることになっている。少女漫画が原作の映画だ。

心さんからデートに誘われたのは、先週の話。

男の子は興味ないかもしれないんですけど……、という前提を付けてからその映画に行きたいと誘われた。

確かに少女漫画はほとんど知らないけれど、心さんが言うには主演の男性俳優が俺に似ているらしい。

調べてみても自分ではそう思わなかったけれど、ちょっと気になったというのもある。

俺ってこんなにイケメンじゃないんだけどな……。

「ふぁぁ」

最近はあまりよく眠れなくて、デートは昼からだというのに朝早くに目が覚めてしまった。

起きてから頻繁にあくびが出るくらいには眠いのに、すぐに目が覚めてしまう理由には心当たりがある。

先週、光《ひかり》と話した日の帰り道で見かけた野良猫。その写真を光に送った。でも、まだその返信が来ていない。

既読すら付いていないトーク画面を開きながら、歯を磨く。

――この歯磨き粉美味《おい》しい！

実家に住んでいた時から使い続けている歯磨き粉。歯磨き粉に対して美味しいという感想を持つのは意味不明だけど、光がそう言っていたからか、俺は一人暮らしを始めてからもずっとこの歯磨き粉を使い続けている。

もしも光と復縁したら、きっと歯磨き粉を変えていると文句を言われるだろうから、そんなことを考えていたんだろうな。

別れた相手の好きだった歯磨き粉を使い続けるって、普通に考えたら結構気持ち悪いし、次は違うやつにしよう。

俺はこの歯磨き粉、そんなに好きじゃないし。

「ピンポーン」

歯磨きが終わって、口を拭いているとチャイムが……、いや、チャイムを真似《まね》た縁司《えんじ》の声が玄関の方から聞こえてくる。

「なんだよ、こんな朝早くから」

玄関のドアを開けると、ニコニコな縁司がいた。

「朝早くって、もう九時だよ？」

「休日の九時は平日の六時だ」

「意味わかんないこと言ってないで、家入れてよ。遊びに来たんだから」

俺が許可する前に玄関で靴を脱ぎ始める縁司。

普段はきちんと着飾っている縁司だが、俺の家に来るときはかなりラフな服装で来る。

今日は半袖半ズボンにサンダルという、まるで自分の家にいるようにラフな装い。

それは服装だけに留《とど》まらず、許可していないのに俺のベッドにダイブして、スマホで動画を見始める。

「おい、今日は出かけるんだよ。昼には出て行けよ」

「え〜。じゃあ僕も行くよ」

「アホか。デートだ」

「どっちと？」

「なんで俺に二択しかないって決めつけるんだよ」

「だってそうでしょ？」

「まあそうだけど……」

光か、心さんか。

「今日は、初音《はつね》さんでしょ」

動画を見ながら興味がなさそうに言い当ててくる。なんでわかったのか。

「なんでわかったって思ったでしょ」

「心読むな」

「だって翔《しょう》ちゃん、光ちゃんと出かける時は『デート』って単語使わないでしょ？　ちょっと考えればわかるよ」

「たしかに……」

光と出かける時でも正直認識としては『デート』だった。でも、それを認めようとしないのが俺だ。

「いつまでそうやって意地張ってんのさ」

「別に意地張ってるわけじゃ……」

デートだと認められないのは、その単語に気恥ずかしさを感じているから。でもそれは心さんだと感じない。

光だから、認めたくない。これは意地なのか？

「翔ちゃんはさ、光ちゃんと復縁することが悪だと思ってるの？　ダメなことだって、考えてるの？」

ダメなこと、少し前の俺なら、そう考えていたかもしれない。

一度付き合って別れているんだから、復縁しても同じことになる。だから、復縁は時間の無駄になる。気持ちの無駄になる。

心の奥底ではこう感じていたのかもしれない。

「確かに復縁は上手《うま》くいかないことが多いかもしれないけどさ、先のことなんて誰にもわかんないじゃん？　新しく出会った人と昔の光ちゃんみたいに仲良くなって、付き合ったって、結局別れるかもしれない。誰とだって、そういう可能性はあるんだから」

「お前、朝からそれ言いに来たのか？」

「え、いや別にそんなつもりで来たんじゃないけど。ただ、今の翔ちゃん、結構酷《ひど》い顔してたから、原因は光ちゃんかなって」

本当にお前って心読んでんじゃないだろうな。

俺の寝不足の原因。それが光にあることを、縁司は見抜いてしまった。さすが、親友ってところか。

「この人と付き合ったらどうなるとか、あの人は自分をどう思っているとか、そんなのどうだっていいと、僕は思うんだよね」

「……」

「大事なのは、翔ちゃんがどうしたいかじゃないの？」

わかってる。それは、わかってるんだ。

でも、それを俺はずっとわかっていなかった。

光と喧嘩《けんか》して、すぐにでも仲直りしたいと思って、でも光はそう思っていなかったらどうしようって、光から仲直りしようって言ってくれたならそれで俺は受け入れるだけで済むのにって。

そうやって光との関係を受け身でやってきたから、別れて一年ずっと連絡できずに、関係が自然消滅してしまったんだ。

俺たちが別れた原因は、お互いが意地っ張りなところ。でもそれを、高校時代はクラスメイトが間を取り持ってくれることでなんとかなっていた。

それがなくなって、俺たちの関係には課題ができた。

歩み寄って、互いの気持ちをぶつけること、自分の非を認めること。

俺にとっての課題は、光の機嫌を伺いすぎるのをやめることだ。

時には強引でもいい。自分のわがままを突き通すことをしていたら、きっと別れることはなかった。

俺は、別れたくない。一緒にいたい。仲直りしたい。そう、言えていたら、結果は変わったのかもしれないんだから。

「縁司、もう俺と光のことで色々根回しする必要はないぞ」

「えっ……」

「どうせお前のことだ。俺のためとか言って色々裏でやろうとしてたんだろ」

「ははっ、バレてたか」

スマホから目を離して頬《ほお》を掻《か》く縁司。縁司は俺のためを思ってくれる、だから俺が悩んでいたら、その悩みを解決しようとするだろうから。

「確信はないけど、お前ならやるだろうって思ってた」

「……そっか。でも、必要ないってことは、気持ちは決まったの？」

「……決まったよ」

よくわからないままはダメだから、もうこんな曖昧な気持ちは終わりにするんだ。

「──だから今日、ケリをつける」

七月になって、気温も随分高くなった。

光と再会したのは、心さんと出会ったのは、二月も半ばを過ぎた頃だった。

もうすぐ春が来るというのにまだまだ寒くて、駅で光を待っている時だって手を擦《こす》り合わせながら息を吐いていた。

あれからまだ半年も経《た》っていないことに驚いてしまうほど、激動の数か月だった。

コネクトを始める前は、毎日毎日何をしていたのか思い出せないほどに暗い日々を過ごしていた。

何に楽しさを感じて、何を楽しみにしていたのか。でも、今は違う。

光がいて、心さんがいて、縁司が、楓《ふう》さんが、田中《たなか》が、色んな人がいて、毎日を楽しめている。

同じくらい悩みも増えたけど、何もないあの頃に比べると楽しくなったと思う。

心さんとのデート。待ち合わせ場所に早く着いてしまい、心さんが来るまでまだ三〇分はある。

コネクトのトーク画面を見ながら、あの時光と再会した場所に立つ。

『ベージュのロングコート羽織ってます。アカリさんは？』

『あ、私もベージュです！　ボアジャケット着てます！』

『ベージュ、お揃《そろ》いですね（笑）』

『ねっ（笑）』

あの時のやりとりを見直していた。まさかその後約束の場所に現れるのが光だなんて考えもしていなかったな。

──「「な、なんで……」」

驚きもしたけれど、あの時確かに俺は感じていた。

再会できた喜びと、胸の高鳴りを──。

「なんで、返事しないんだよ……」

先週から返ってこないLINEの返信。普段なら一日あれば必ず返ってきた。何か、返したくない事情があるのか。だったらまだいい。返事ができない状態になっているんじゃないかって、少し心配になってしまうから。

まだ、心さんが来るまでに時間がある。

休日の昼だし、もしかしたら光は今日バイトかもしれない。そう頭に過《よぎ》った時には、駅から光のバイト先を目指して歩き出していた。

駅から徒歩五分ほどの距離にある光のバイト先のスタベ。特に何か飲みたい気分でもないけれど、光に会うために来店するのはお店に迷惑になってしまうし、店の外まで続いている列に並んだ。

列の途中に大きな看板があって、その看板に期間限定フラポチーノの写真が貼られている。

フラポチーノは甘いドリンクにたっぷりの生クリームで、カロリーで言ってもラーメンと同じくらいあるだろうし、昼飯前に軽く……とか、そんなノリでは飲めない。

メニューの下らへんに小さく書いてあるカフェラテにしよう。

列が進むにつれて緑色のエプロンを着た店員さんが見えてくる。

その中に光がいるか探してみるが、見つからないまま列の一番前に来てしまった。

「カフェラテをください。一番小さいのでお願いします」

「カフェラテですね」

店員さんはカウンター内に六人。全員、光じゃない。

「あの、すみません。今日って高宮《たかみや》さんいませんか？」

店員さんは突然の質問に驚きつつも、一度俺の顔を見てから答えてくれた。

「今日はお休みですね。……、あのもしかして、光ちゃんのお友達ですか？」

「まあ、そんな感じです」

店員さんは時計を確認して。

「私、もう退勤なので少し話せませんか？」

工藤《くどう》さんという俺と同い年くらいの女性店員は、店内で座っている俺の正面に座り、手には中身の見えないスタベカップを持っている。

「すみません、お待たせしました」

「いえ、それで、俺に何か……？」

工藤さんは、少しだけ俺の方に体を傾けて、小声で言った。

「光ちゃん、何かあったんでしょうか？」

「それが、先週から出勤していないんですよ。店長にはしばらくお休みさせてくださいってことしか言ってないみたいで……」

「そう、なんですね……」

先週、俺と会った後だろうか。

「バイトのみんなも、心配していて……。お友達だったら何か知らないかなって……」

「ごめんなさい。俺も連絡が取れないから様子見に来たんです」

「そうでしたか……」

バイトまで休んで、これは本格的に心配になってきた。

でも、しばらく休ませてほしいと連絡を入れているということは、事故や事件に巻き込まれた可能性は低くなった。

心情的な理由だろうか。先週会った時の光は様子が変だったし。

「すみません、お時間取らせてしまって」

「いえ……、こっちこそ、ありがとうございました」

工藤さんと別れて、心さんとの待ち合わせ場所に向かう。その道中も光のことで頭がいっぱいだった。

アイツ、何やってんだよ。

「心さん、こんにちは。待たせてごめんなさい、もう着いてたんですね」

駅に着くと、もう心さんが来ていた。いつもは俺が先だから、どこか新鮮な気持ちだ。

「翔くん、こんにちは。いつも待たせてしまっているので、今日は私が先に着こうと思って……。今日は、特別なので……」

いつもと違う。淡い色のワイドデニムに、ビッグシルエットの白いティーシャツ、ベージュのキャップ。それに、なによりもいつもと違うのが、アクセサリー。

シルバーのシンプルなネックレスとブレスレット、揺れるイヤリングも、いつもの心さんは着けていなかったものだ。光と一緒に買いに行ったものだろう。

「今日はなんだか、いつもと違いますね」

「はい、先週光ちゃんとお買い物に行ったので、沢山買っちゃいました……！　服は、『偶《たま》にはこういうのも着てみたら？』って、天《そら》が貸してくれたんです……。どう、ですか……？」

いつものワンピースやロングスカートみたいな、心さんらしい服装はもちろん素敵だ。でも、今日みたいな服装もギャップがあって良い。

「似合ってますよ。心さんは、なんでも似合うんですね」

「あっ、ありがとうございましゅ……」

「そういえば心さん、今週光とは会いましたか？」

その質問を聞いて、心さんの表情が照れ顔から困ったような顔に変わる。

「それが……、先週会った日から連絡が返ってこないんです……」

心さんも、か。

「もしかしたら、私のせいかもしれなくて……」

「何か、あったんですか？」

心さんは申し訳なさそうな表情をしていて、何かを知っているのだろうが少し言い辛《づら》そうに感じた。駅前は人も多いうえに落ち着いて話せないだろうし、場所を変えた方がいいかもしれない。

「とりあえず、どこか入りますか」

「……はい」

向かったのは、いつものカフェ。森のような入り口を越えた先にある扉から入って、俺たちは揃ってオムライスを注文した。

今日ばかりは、オムライスを前にしても気分は落ちたままで。

「光、バイトも休んでるみたいなんですよね」

「そうなんですね……。実は……、先週光ちゃんと少し口喧嘩《くちげんか》みたいなことになってしまったんです」

そんな語りだしから入った心さんの視線は低くて、俺の目を見てはこない。

「口喧嘩の原因は？」

「それは……ごめんなさい、翔くんには言えないことなんです」

「それじゃあどうしようもないですね……」

俺に言えないってことは、女性にしかわからない話……？

だとしても、状況が状況だし聞いておきたいところではあるけれど。それでも話さないってことは、他の理由も考えられる。

例えば……、俺が関わっているとか。

「でも、あの口喧嘩がきっかけになったなら、わざわざアルバイトを休むことでもないかなって、思うんです。アルバイトをしばらく休む理由は、何か他にあるのかもしれません。翔くんは、最後にいつ光ちゃんと会いましたか？」

「俺は、先週の土曜日です。夜に少しだけ」

「それ、多分私と別れてからの話です……！　私たち、夜の七時頃にバイバイしました」

「そうですね、光もその時心さんと会ってたって言ってました」

「翔くん、光ちゃんとどんな話をしたのか憶《おぼ》えていますか？」

光とした話の中に、特に変わった内容はなかった。ただ気になったのは、いつもより元気がなかったということだけ。でもそれは、心さんと口喧嘩になってしまったからではないのだろうか。

「内容はいつもと特に変わらないくだらない話でした。でも、元気がなくて……」

「………………」

心当たりがあるのだろう。心さんは考えるというよりは申し訳なさそうに俯《うつむ》いた。

「まあ、わからないなら仕方ないですよ。その内何事もなかったかのように現れるでしょ。さっ、オムライス食べましょう！」

「はい……」

心さんが気負い過ぎないように、この話はもうしない方がいい。

二人の口喧嘩の原因がわからないなら、俺にはどうしようもないし。

「ほら、元気出しましょう！　光のことだから、きっと食べすぎで動けなくなってるだけですよ！」

「ふふっ、さすがの光ちゃんでもそれはないと思いますよ？」

「いや、それが過去にあったんですよ……」

学校帰りに買い食いを繰り返した上に、俺の実家で美味《おい》しいから食べないと勿体《もったい》ないと言い限界を超えていたのに口に詰め込んで……。

「ほ、本当にあったんですね……。でも、光ちゃんらしいです。ふふふっ」

光の話をしながら笑う心さんは、両手で口元を覆う。その仕草がまるで光みたいに見えて、少し胸が高鳴った気がした。

「心さん、笑う時そんな感じでしたっけ……？」

俺の記憶が正しければ、心さんは片手で覆うことはあった。でも、両手はしなかったはず。

「えっ……、あ、あんまり意識していなかったです……」

ただ噛《か》んだだけにも聞こえるその言葉。でも、表情を見るとなぜか焦りがあるように感じた。まるで嘘《うそ》を隠す子供のようだ。

「そ、それより、今日もこのオムライス美味しいですっ」

初めて会った時では想像もできない笑みを浮かべた心さんは、その細い体に似合わない食べっぷりでオムライスを平らげた。

美味しそうに食べるなぁ。まるで、光みたいだ。

Kokoro

「ごめんなさい、美味しそうに食べるから見入ってしまって。俺もすぐ食べますね」

「焦らなくていいですよ」

先に食べ終わってしまった心さんを待たせないように、急いでオムライスを食べているとお手拭きをこちらに突き出した心さんが迫ってきて。

「ケチャップ、ついてますよ？」

「あっ、ちょっ……」

俺の口元についていたケチャップをお手拭きで拭い微笑《ほほえ》んだ。なんだ、今日の心さん。なんだかいつもと違わないか？

そういえば、待ち合わせ場所で会った時に言っていた。

――今日は、特別なので……。

あれは、どういう意味なんだろう。

「ほひほうはは〜ひは」

俺がオムライスで膨らんだ頰《ほお》のまま手を合わせると、心さんは子供が食べるのを見守る母親のように優しい表情になっていた。

「じゃあ、そろそろ行きましょうか」

「はい！」

喉奥に流し込み、立ち上がる。次の目的地は映画館だ。チケットは予め《あらかじ》買っているから、あとは観《み》るだけ。

少女漫画が原作だと男の俺ではあまり楽しめないのではないか不安もあった。でも、映画のあらすじを読んで、プロモーションビデオを観たら、普通に気になって原作を心さんに借りて読むことにした。

結果映画も楽しみになっていたし、少女漫画も悪くないな。

光に出会わなければカフェの魅力に気付けなかったように、心さんと出会わなければ少女漫画を読むこともなく、俺には合わないと決めつけていただろう。

「心さん、今日は誘ってくれてありがとうございます」

「いっ、いいえっそんな！　私の方こそついてきてもらってありがたいです……！」

映画館は休日ということもあってかなり混み合っている。予約していたと言っても、予約専用の券売機も列になっていて、すんなり入れそうにはない。

「心さん、はぐれないように気を付けてくださいね」

左隣の二〇センチほど低い位置にある心さんの顔に向けてそう言うと、返事をするように自身の柔らかくて滑らかな手を俺の手中に滑り込ませてくる。

「じゃあ、こうして捕まえていてください」

約二〇センチ差の身長。その身長差から放たれた言葉は、俺の左手を汗で濡《ぬ》らす。手だけじゃない。顔が、体が熱い。心さんの言っていた「今日は特別」という言葉も相まって、普段では味わえない非日常感がこんなにも鼓動を速めているのだろうか。

「は、はぐれないように、ですから……！」

べ、別にアンタと手が繋《つな》ぎたかったからとか、そんなんじゃないんだからねっ、とも聞こえるその言葉。

そんなことを言われなくても、わかっているのに。

「はぐれないためって言われても、なんだか緊張しますね」

「翔くんは、緊張してくれているんですか？　わ、私と手を繋ぐことで……？」

「心さん可愛《かわい》いし、当然ですよ。男なら誰だってドキドキすると思います」

「そ、そうなんですか……？」

券売機の列に並んで、手を繋ぐ俺たち。

温められた左手から、心さんの右手が離れるまでは数分間だった。チケットを発券するのに片手では不便だったから、それを心さんが察したのか、繋いだ手を自ら解《ほど》いて。

「弟以外の男の子と手を繋いだの、初めてです……」

「そういえば弟いましたね。この前、田中を送っていった時にいた……」

「はい、あれが弟です」

心さんの弟は、さすがは初音家といった整った顔立ちで、もう少し髪が長くて身長も伸びれば、ボーイッシュな心さんに見えなくもない外見をしていた。

田中もそうだけど、みんな同じ顔をしている。それも超美形とは羨ましいことこの上ない。

俺ももう少し目が優しそうだったら、ボス野良猫なんて言われることもなかっただろうに。

「そういえば、ネットで予約するとき勝手に席決めちゃいましたけど、これでよかったですか？」

「もちろんです！　私、目が良いのでどこでも大丈夫です」

光はコンタクトをしているが、昼間は裸眼でもそこまで困ることがなかった。暗くなると急に何も見えなくなるらしく、映画館ではコンタクトは必須だった。

目が悪いくせにコンタクトを付けることを面倒くさがって、デートに付けてこないこともあって。

だから映画デートの時はもしもの時のために前の席で予約をすることが習慣になった。

今日の相手は心さんだし、もうそんな習慣も必要ないのに。

「それじゃあ、行きましょうか」

「はいっ！」

館内は女の子ばかりで、あまり居心地は良くなかった。でも、そんな居たたまれなさを感じることもないくらいに、映画の内容には満足した。

イケメンの俳優がキメたセリフを言うたびに館内がざわついて、心さんもその一人なのかと視線を向けると、そうでもなくて。というか、目が合った。

「ご、ごめんなさい……」

「い、いえ……」

小さくそう漏らして、すぐにスクリーンに目を戻した心さんの横顔は、赤い。それは、スクリーンの赤い光のせいなのか、それとも……。


「面白かったですね」

「はいっ！　安心しました」

「安心？」

「翔くんも、楽しんでくれたので……」

少女漫画は女性向けに作られる物語。だから、男性の俺には楽しめないかもしれない。

そういう心配してくれていたんだろう。でも、そんな心配はいらないくらいに映画には大満足だった。

キャラクター同士の掛け合いにいくつも笑えるシーンがあって、何度も笑いを堪《こら》えるのに必死になっていた。

「喧嘩《けんか》ばっかりしてましたね、あの二人」

「そうでしたね。……まるで、翔くんと光ちゃんを見てるみたいでした」

見ていて、俺も何度かそう感じた。心さんはあのイケメンが俺に見えると言っていたし、女優の方もどことなく光に似ている気がする。

「俺と光って、ずっと喧嘩してますもんね」

だから、別れたんだ。

相性九八パーセントなんて、きっと何かの間違いだろう。相性が良ければ、喧嘩なんてしないだろうから。

「でも、喧嘩するほど仲が良いって言いますよね。私、二人の話聞いていて険悪だなって思ったことありませんよ？」

「まあ、険悪とは違うのかも……？　光もそう思ってるのかは、わかんないですけど……」

「本当に翔くんのことを嫌いなら、喧嘩してまで一緒に居ないと思います。三年以上も一緒に居たんですよ？　きっと光ちゃんは、翔くんのことを大切に思っていますよ」

突然そんなことを言いだした心さんは、慈愛に満ちた表情で映画館の入っているビル、ミント神戸《こうべ》の九階から窓の外を眺めている。

エレベーター前は映画鑑賞後の人たちで賑《にぎ》わっていて、一度では全員を乗せることのできなかったエレベーターが俺たち二人を残して下に降りていく。

「私、映画を観て思ったんです」

「……？」

「やっぱり翔くんは、光ちゃんと一緒に居るべきなんじゃないかって」

「急に何を……」

心さんは、窓の外からこちらへと視線を向けて。

その目には涙が浮かんでいて、後ろにあるビル群と同じようにキラキラと輝いている。

どうして、心さんは泣いているんだ。

「翔くん、お願いがあるんです」

「お願い……？」

「光ちゃんに、強引にでも会ってください！　このままだと、光ちゃんとは二度と会えないかもしれないんです……」

切羽詰まっているように見えるその表情に危機感を覚えつつも、どうしてそんなことになるのか全く理解できなくて。

「光と、何かあったんですか？」

「私のせいなんです……、私のせいで……！」

泣き崩れてしまった心さんの肩に手を置いて、背中を摩《さす》ってやると、体が震えていることに気付く。

何があったのかはわからないけれど、きっと、ずっと罪悪感を懐《いだ》いていたんだろう。それを、映画がきっかけで表に出してしまった。

「心さんは優しいから、誰かのためにそうやって本気で泣けるんです。そんな優しい心さんのことを、光が本気で怒ることなんてないですよ。きっと、心さんの勘違いで……！」

「勘違いなんかじゃないです……！　私が余計なことをしたから、光ちゃんが……！」

「……とりあえず、落ち着ける場所に行きましょうか」

このままここに居れば、いずれ人が来て心さんが泣いている姿を見せることになる。

冷静じゃない今の心さんはそんなことどうでもいいと言うかもしれないけれど、きっと後で恥ずかしくなるだろうし……。

心さんの手を取って、人通りの少ない公園に移動した。

着くころには心さんも随分落ち着いたようで、涙は止まっていた。

「すみません、取り乱してしまって……」

「いえ、落ち着いたみたいでよかったです」

それから数分経《た》っても、心さんはどうしてあんなことを言ったのか話そうとはしない。

「心さん、先週光と会った時の話は、できないんですか？」

「……これを話すのも、フェアじゃないと思って」

フェアって、なんだよ。話してくれないと、何もわからないのに。でも、それを話すことで心さんにまた罪悪感が芽生えるのなら、心さんのためにも話さない方がいいのは間違いない。

だったら、俺に今できることはなんなんだろう。

「心さん、俺は……、どうしたらいいですか？」

公園に来る途中に買ってあげた五〇〇ミリリットルの水を両手で大事に持った心さんが、正面を見据える。

その綺麗《きれい》な横顔が街灯のオレンジに照らされる。

「翔くんがどうしたいのか、その答えで変わります。でも、どちらにしても、一度光ちゃんと会わないといけません。このまま、会わないまま、選んでもらっても、私はずっと不安になるから……」

俺が選ぶ、会わないまま選んでも、ずっと不安になる。

バラバラのヒントを並べられて、俺には思うことがあった。

俺はいつも、誰かと関わりを持つ時に、この人は俺のことをどう思っているんだろうって、そればっかりで踏み込めなかった。

だから友達ができなかったし、光に本心を言えなかったし、心さんにだって、少しは心の壁を作ってしまっていたと思う。

その悪い癖は、光と別れてから顕著に出るようになった。

もしも、踏み込んで嫌われてしまったらどうしよう。もう二度と会えなくなったらどうしよう。そうやって、失うことを恐れて逃げる癖がついて。でも、俺は同じ癖を持っていた縁司に踏み込んで、失うことを恐れるなって、偉そうに言ったのに。

人のこと言えないじゃないか。

「心さんの言いたい事はよくわからないけど、俺もなんとなくこのままだとダメな気がします」

喧嘩して、明日謝ればいいやって、来週謝ればいいやって、来月までにはって、そうやって逃げたから、光のいない一年を過ごすことになったんだ。

またあんな日々に戻るのは御免だ。

俺は、もう逃げない。

自分の気持ちをはっきり伝えて、それで嫌われたなら仕方ないじゃないか。

やらないで後悔したら、きっとそれはずっと忘れられずに残っていく。でも、やって、やり切ってしまえば、いくらかマシになるんじゃないかな。

あの時全力でやったんだから、それでダメだったんだから、俺には無理ってことだろって。——だったら、俺は。

「光に会いに行きます。バイト先に居ないなら、家に行ってみます。家なら、光の両親とは知り合いなので、多分、会わせてもらえるんじゃないかなって……」

「……はい。私からも連絡し続けてみます。返してくれるかは、……わからないですけど」

「お願いします」

後回しは良くない。また昔みたいに、明日にしよう、明後日《あさって》にしようって先延ばしにしてしまわないように。自分の性格はよくわかっているから。

「これからでも行こうと思うんですけど、心さんはどうしますか？」

心さんはスマホで誰かに連絡を入れてから立ち上がり。

「行きます！」

一瞬見えた画面には、『ママ』と表示されていた。帰りが遅くなるかもしれないと連絡をいれたのだろう。

俺たちはすぐに公園から駅に行き、光の家に向かった。

ここに来るのは光が酔いつぶれた時以来だったか。あの時も見たけれど、高宮家は付き合っていた時から全然変わらない。

玄関には分厚い銀のプレートで「高宮」と表札が掲げられていて、その足下には青いアサガオが咲いている。

この花壇は季節ごとに花が変わっていて、どうやらその花は光が選んで育てているみたいだ。何度も来たことのある場所なのに、あの頃とはまるで見え方が違う。

「インターホン、鳴らしますね」

隣に居る心さんに声をかけると、黙ったまま頷《うなず》いた。

ピンポーンと電子音が鳴り、二秒くらいで玄関の電気が点《つ》いた。中から女性の声で「はーい」と聞こえてきて、それが久しぶりに聞く光のお母さんの声だとはっきりわかった。

玄関ドアが開いて、一年前と変わらない、年齢よりもいくらか若く見えるお母さんと目が合う。

「こんばんは、お久しぶりです」

「翔くん……⁉」

唐突な娘の元カレに驚いたと思えば、何かに納得したような表情になった。

「そっか、翔くんが関わってたんだ……！」

「……？」

お母さんは玄関の向こうにいる誰かに何かを言う。はっきりは聞こえなかったが「お父さん」と言っているのは聞こえた。おそらくお父さんに俺が来たことを伝えたのだろう。

久しぶりだし、緊張するな。

「光に会いに来たの？」

「はい。こっちは光と俺の友達の、心さんです」

「こ、こんばんはっ」

心さんがペコリと頭を下げて、お母さんもほぼ同時に頭を下げた。

「話したいこともあるけど、玄関先でっていうのもなんだし、上がっていかない？」

俺と心さんは顔を合わせて、二人して頷いた。

玄関は昔とあまり変わっていなかった。

木製で古そうな下駄箱《げたばこ》の上に光が小学生の頃に作ったらしい紙粘土のオムライスが飾っ

てあって、その隣に銀色の小物置きがあり、中には家の鍵が三本。

高めの段差を上がるとすぐ右手に階段があって、二階の階段から一番遠い部屋が、光の部屋。何度も一緒にのぼった階段に、あの頃の記憶が蘇《よみがえ》る。

俺が先にのぼっていると、いつも下から尻を指先で触ってきた。もちもちだ、餅みたいだってはしゃいで。

居間に入ると、テレビドラマが放送されていて、その前にある布団の付いていないこたつ机にはコップが置いてある。お母さんはそのこたつ机ではなく、カウンターキッチンの正面にあるダイニングテーブルの方に座った。

「二人も座ってね？」

「「はい」」

お母さんはずっと不安そうな表情で、俺に何か聞きたそうにそわそわしている。

「今日って光、いますか？」

「いるには、いるんだけど……」

「……？」

「ほとんど部屋から出てこないの。ずっと元気がなくて……」

お母さんが心配そうに自身の手を擦《こす》り合わせていると、居間の扉が開く。

「翔くん、久しぶりだね」

「お久しぶりです、お父さん」

光の父親とは思えない控えめで慎重な性格のお父さん。細い体と眼鏡、優しそうな顔をした接しやすい人だ。会うのは一年半ぶりくらいだろうか。

「光は、どうだった？」

「翔くんが来たことは伝えたんだけどね……、会いたくないって……」

「そっか……」

お母さんが、唯一の希望もなくなったように落胆する。

部屋を出てこないけど、俺が来たと言えば出てくるかもしれないと思っていたんだろう。

「元気がなくなったのは、先週の土曜日からですか？」

「……、そうね、その日だったと思う」

お母さんの言葉を受けて、心さんが申し訳なさそうに俯《うつむ》いた。

「二人は、何か知ってるの？　出来るなら、教えてほしいの。私たち、光が心配で……」

お母さんの言うことはごもっともだ。娘が突然部屋から出てこなくなって、心配にならないはずがない。でも、俺も詳しいことはわからないし、心さんは話せないと言っていたし……。ここで心さんなら知っていると言ってしまえば、心さんは二人の手前隠し続けるのも難しくなるだろう。

「俺たちにも、わかりません」

「翔くん……」

「先週の土曜日から連絡が取れなくなったので、何かあったのかって、様子を見に来たんです」

「そうだったの……。翔くんが来て、てっきり翔くんと喧嘩《けんか》でもしたのかって思ってたんだけど……。再会してたのは、聞いてたの」

「そうだったんですね。でも、光が俺と喧嘩したくらいで引きこもりますか？　昔は結構いつもしてましたけど……」

不安そうだったお母さんの表情が、ようやく動く。驚いたと思えば、息が漏れて苦笑して。

「翔くんったら、何も知らないのね？」

「え？」

お母さんが口元を両手で覆って苦笑する。その光と同じ仕草と、そっくりな顔に光の面影を感じていると、お父さんが微笑《ほほえ》みながら補足する。

「あの子はいつも、翔くんと喧嘩する度に元気がなくなっていたよ。あの光がご飯を食べないくらいね。それが月に一回くらいのペースであるから、大変だったんだよ？」

「そうそう、話を聞きに行くと、いつも翔くんの悪口を何時間も話すの。お父さんも最初は翔くんだって大変なんだよって庇《かば》ってたのに、そう言うと光が怒るから……ふふっ」

「でも最後には仲直りしたいって、泣き出すんだ」

そんなこと、付き合っている時は一度も聞いたことがなかった。

俺も、光と喧嘩する度に落ち込んではいたけど、相談しようにも家族に相談するのはなんだか恥ずかしかったし、一番仲の良い爺《じい》ちゃんなんかバカにしてきそうだし……。

「翔くんと別れた時なんて、大変だったのよ？　布団と体がくっついたのかなって思うくらい起きなくて」

「僕が強引に剝《は》がして何度も怒られたよ……」

「なんかすみません、お父さん……」

楽しそうに光の話をする二人からは、本当に心から光のことを大切に思っていることが伝わってくる。

「でもね、ある日光が元気になったの。多分、あの日に翔くんと再会したんだろうなって」

「うん。あれは確か、二月の半ば辺りだったかな？」

俺と光が再会したのも、二月の半ばだった。

「私、翔くんと話してたら少し安心したわ」

「あぁ、僕もだ」

二人はさっきまでの不安そうな表情から、いつの間にか安堵《あんど》した表情になっていて。

「今の光には、翔くんがいるもの」

「翔くんがいるなら、その内元気になるだろう」

「昔みたいにまた、突然笑顔で、お腹空《なかす》いたーって言うんだよ、きっと」

二人して笑い合って、昔を思い出して。

不安がなくなったのなら良かった。それだけでも今日ここに来た意味はあった。でも、まだ終わりじゃない。

「お母さん、お父さん、……二階に上がってもいいですか？」

それだけで、光に会いに行ってもいいですかという意図が伝わったのだろう。二人は黙って頷いた。

「心さんはここで待っててもらえますか？」

「……わかりました」

二階にある二つの部屋。奥にある部屋の扉に背を預けて座る。

この向こうに光がいる。光、今お前はどんな顔をしているんだ。どんな気持ちでいるん

だ。その少しでいいから、俺に話してみないか。なあ――、

「光」

「……帰って」

部屋から聞こえてくる声は鼻声で、泣いていたんだとすぐにわかった。

「話したいんだ」

「今は、聞きたくない」

「じゃあ、後でなら聞いてくれるのか？」

「……落ち着いたら」

「そっか……」

「ちゃんと連絡するから、だから、今は……」

光と心さんの間に何があったのかは知らない。だから、あまり踏み込むこともできない。

今の俺にできることは、ただ待つことだけ。本当なら、今すぐ気持ちを伝えたいし、伝えるつもりでここに来た。でもそれは、光にとって今は聞きたくないことかもしれない。

これ以上何か光の心を揺らすようなことはしたくない。

「じゃあ、待ってるから。落ち着いたらでいいから、元気になってからでいいから、ゆっくりでいいから。……ちゃんと、待ってるから」

「……ありがとう」

「だから、今度こそ」

「……うん」

もう、何も言えないままさよならなんて嫌だから。前みたいに、戻れなくなるのは嫌だから。

「――今度こそ、ちゃんと話し合おう」

あとがき

「なあ見て、ちょっとハゲてきてない？」

つい先日実家に帰ると、母が自身の頭頂部を見せながらそう言ってきました。

昔は「若いお母さんだね、綺麗《きれい》だね」と周りに言われていたのに、気付けばもう母はおばさんになっていて、最近ではめっきり言われなくなりました。

遅れましたが、本書をお読みいただきありがとうございます。ナナシまるです。

なぜいきなり母の話かと言うと、このあとがきを書いている現在、ちょうど母の日が迫っているからです。

何をしてあげよう、どんなプレゼントを渡そう、毎年そう悩んだ挙句、何も渡せず、何もしてあげられずで終わってしまうことが多いです。

本書をお読みいただいている方には、若い男性が多いのかなと思っていて、その前提で話を進めます。

私もそうだったのですが、若い男というのは素直に自分の気持ちを伝えることが苦手な方が多いのではないでしょうか？

いつも朝早くに起きてお弁当を作ってくれて、朝遅刻しないように起こしてくれて、毎日ご飯を作ってくれて、洗濯も掃除もしてくれる。そんなお母さんに、偶《たま》には感謝を伝えてみてはどうでしょう？

私は成人した時、母に食べ放題じゃない肉をご馳走《ちそう》したら、凄《すご》く喜んでいたのを今でも憶《おぼ》えています。皆さんもこのあとがきを読んで、いいかも、と思えたならお母さんに感謝を伝えてみてください。きっと照れて「急に何？　怖いんやけど……」とか言いながら顔を逸《そ》らします。ツンデレですね。

なんだかんだ男という生き物はみんな母が大好きなんです。マザコンなんです。

こんなことを言っていますが、本書が発売される頃には母の日は終わっているんですけどね。感謝なんて、いつでもなんぼでも伝えてええですから。

そして私は、「私の話書いてや！」と何度も言ってくる母に、ここで話題に出してあげることで親孝行をしたいと思います。とは言っても私の母はお弁当なんて作ってくれなかったし、家事めっちゃ押し付けてくるし、ずっと韓国ドラマばっかり見てろくに座椅子から動こうとしない人だったのですが……。そのおかげで早く自立できたのでそれはそれでええか、と。どうして世の中の母親はみんな揃《そろ》って韓国ドラマが好きなんだろう。面白いけどさ。

お母さんいつもありがとう。

マザコンもここまでにしておいて、謝辞です。

担当編集のK様。いつも未熟な私を支えて下さり、ありがとうございます。執筆活動以外でも相談に乗っていただいていたり、Kさんと出会って私は作家としてだけでなく、人間としても成長できているなと思うことが多々あります。これからもこんな私ですが、よろしくお願い致します。

今回もイラストを担当していただきました、秋乃《あきの》える様。本書からシリーズに初登場となる大天使心《しん》ちゃんの妹、天《そら》のデザイン案を拝見した際、「やっぱ秋乃さんパネェぞおい」と声に出していました。何がパネェのかと言いますと、顔は姉の心ちゃんとほぼ同じで、心ちゃんに光の攻撃的な性格を混ぜた感じ、という曖昧過ぎる要望にここまで応えてくださっているにもかかわらず、メインヒロインの二人ときちんと差別化できてしまう画力とアイデア力がパネェと感服しました。イラストを担当して下さり、本当にありがとうございます。いつか神戸《こうべ》にいらっしゃったら呼んでください。案内します。

それから、校閲様、角川スニーカー文庫編集部の皆様、各書店の担当者様、営業様、そして本書をお読みいただいた読者の皆様に、心より感謝しております。

その他にも、私が把握できていないところで関わって下さっている全ての皆様、ありが